紀貫之の土佐日記は航海記

西野　恕《ゆるす》

リーブル出版

紀貫之の土佐日記は航海記

目次

はじめに

十二月廿日　出発の前日

土佐神社に参拝を済ませた貫之一行は国衙《こくが》（国庁）へと向かっている。

生きておれば七歳になるはずの娘がこの行列にはいない。娘の明るい笑い声や喜ぶ顔を見て暮らした毎日が、人生を生きるということはこういうことなのか、とこの歳にして初めて実感したというのに、京へ帰るこの旅立ちの寸前に病がもとで逝ってしまった。むなしい、神も仏もあるものか、と思う。新任の国司がもっと早くに着いておれば、京でましな薬師に見てもらえたものを、のんびりと赴任してきた新任国司に言いようのない怒りをあらわにすることもあった。

その思いがこの時こみ上げてきたのか、「あ奴め」と思わずつぶやいた。

「お上どうかなされましたか」という声に、貫之は馬上で「おう」と反射的に応えて姿勢を一瞬正した。時文が近寄ってきて「何か申されましたか」ともう一度声をかけた。

土佐日記は、紀貫之が足掛け五年にわたって国司を務めた土佐から京へ帰り着くまでの五十五日間の船旅日記で、五十七首の和歌が収められている歌物語でもある。承平五年（西暦九三五年）ころに貫之自身が書いたとされている。

その時代、公の書き言葉は唐（中国）から借用した漢字・漢文であり、ひらがなは女性が私的に使用する程度でいまだ日本固有の書き言葉は確定していなかった。土佐日記は漢字の使用はわずか四十一文字で徹底した平仮名文になっている。平仮名は男性が公に使用する文字ではなかった時代を受けて、貫之は作者を女性に仕立てて、「をとこもすなる日記《にき》といふものを、をんなもしてみんとてするなり」と書き出している。

土佐日記は、しゃれや冗談の記述あり、性的記述もあり、そうかと思うと和歌の指導書のような説明も随所にあって、日本固有の書き言葉による文体・文章構成によるわが国最初の文学作品である。

おおよそ一千年前の古典文学作品でありながらその原文を、現代の私たちの生活とそれほど違和感なく、読み、理解できる。今の時代、電気や自動車などの科学が発達して何事につけて便利になったとはいえ生活は昔とは何も変わっていないのである。

土佐日記は、一般には受験勉強の暗記用文学作品名として取り上げられることはあっても、一読されることのない文学作品である。土佐日記の注釈書や研究書は江戸時代から今に至るまでたくさん出版されているが、いずれも古典文学の研究者向けで、土佐日記の文学作品としての良さを一般読者向けに出版したものはない。それどころか、国文学者の折口信夫は土佐日記を「くだらぬもの」といい、正岡子規は紀貫之を「下手な歌詠み」と酷評している。

文学には全く素人のわたしであるが、「日本固有の書き言葉」による日本文学の原典となった土佐日記の新しい楽しみ方を本書によって示したいと思う。

一月十二日に「ふむとき、これもち」の名が出てくる。大概の研究書は、「ふむとき、これもち」について伝不詳または貫之の下僚としている。本書では「ふむとき」は時文、「これもち」は是望とし、時文は貫之の長男、是望はその弟でそれぞれの船の責任者とした。

読みやすいことを何よりも大事にと平仮名を適宜、常用漢字に置きかえて原文を枠内に書き、次に原文の現代口語訳を楷書体で書いて理解の足しとし、土佐日記が航海記であるという視点で明朝体で書き足し筋書きの単調さを補う構成とした。原文の平仮名を常用漢字に置きかえた漢字には原文と同じ平仮名のルビを付したから、一千年以上前の人が語ったであろうと同じように原文を読むことができる。声を出してゆっくり読むと平安時代にタイムスリップできる。

令和二年吉日

監修・著　西野　恕《ゆるす》

国衙から京への全行程

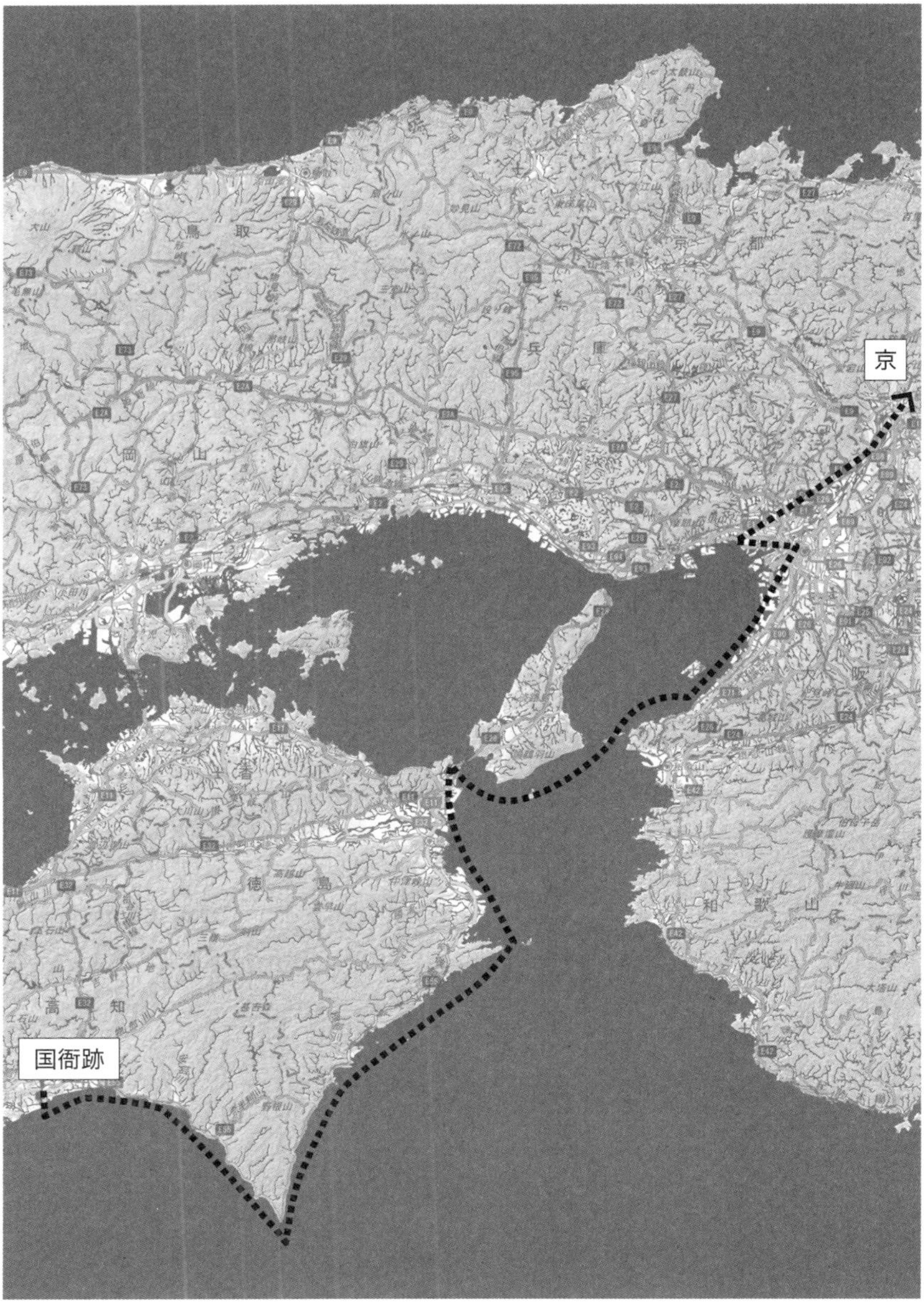

紀貫之の航海の日程と宿泊地（55日間の船旅）

経過日数	和歴 月	和歴 日	西暦 月	西暦 日	航程・宿泊地
1	承平四年十二月	21	西暦九三五年二月	2	国府から大津へ
2		22		3	大津・舟戸
3		23		4	
4		24		5	
5		25		6	
6		26		7	
7		27		8	大津から浦戸へ
8		28		9	浦戸から大湊へ
9		29		10	大湊
10	承平五年一月	1		11	
11		2		12	
12		3		13	
13		4		14	
14		5		15	
15		6		16	
16		7		17	
17		8		18	
18		9		19	大湊から奈半の泊へ
19		10		20	奈半の泊
20		11		21	奈半の泊から室津へ
21		12		22	室津
22		13		23	
23		14		24	
24		15		25	
25		16		26	
26		17		27	
27		18		28	

経過日数	和歴 月	和歴 日	西暦 月	西暦 日	航程・宿泊地
28	承平五年一月	19	西暦九三五年三月	1	室津
29		20		2	
30		21		3	室津から甲浦へ
31		22		4	甲浦から日和佐へ
32		23		5	日和佐
33		24		6	
34		25		7	
35		26		8	日和佐から蒲生田御崎へ
36		27		9	蒲生田御崎
37		28		10	
38	承平五年二月	29		11	蒲生田御崎から土佐の泊へ
39		30		12	土佐の泊から鳴門海峡を渡る
40		1		13	深日を出て淡輪沖を行く
41		2		14	佐野浦
42		3		15	
43		4		16	
44		5		17	大津の泊へ
45		6		18	難波津に着き川尻の泊へ
46		7		19	川尻の泊から神崎川へ
47		8		20	鳥飼いの御牧
48		9		21	鳥飼いの御牧から鵜殿へ
49		10		22	鵜殿
50		11		23	鵜殿から山崎へ
51		12		24	山崎
52		13		25	
53		14		26	
54		15		27	
55		16		28	山崎から自宅へ

国衙から大湊へ

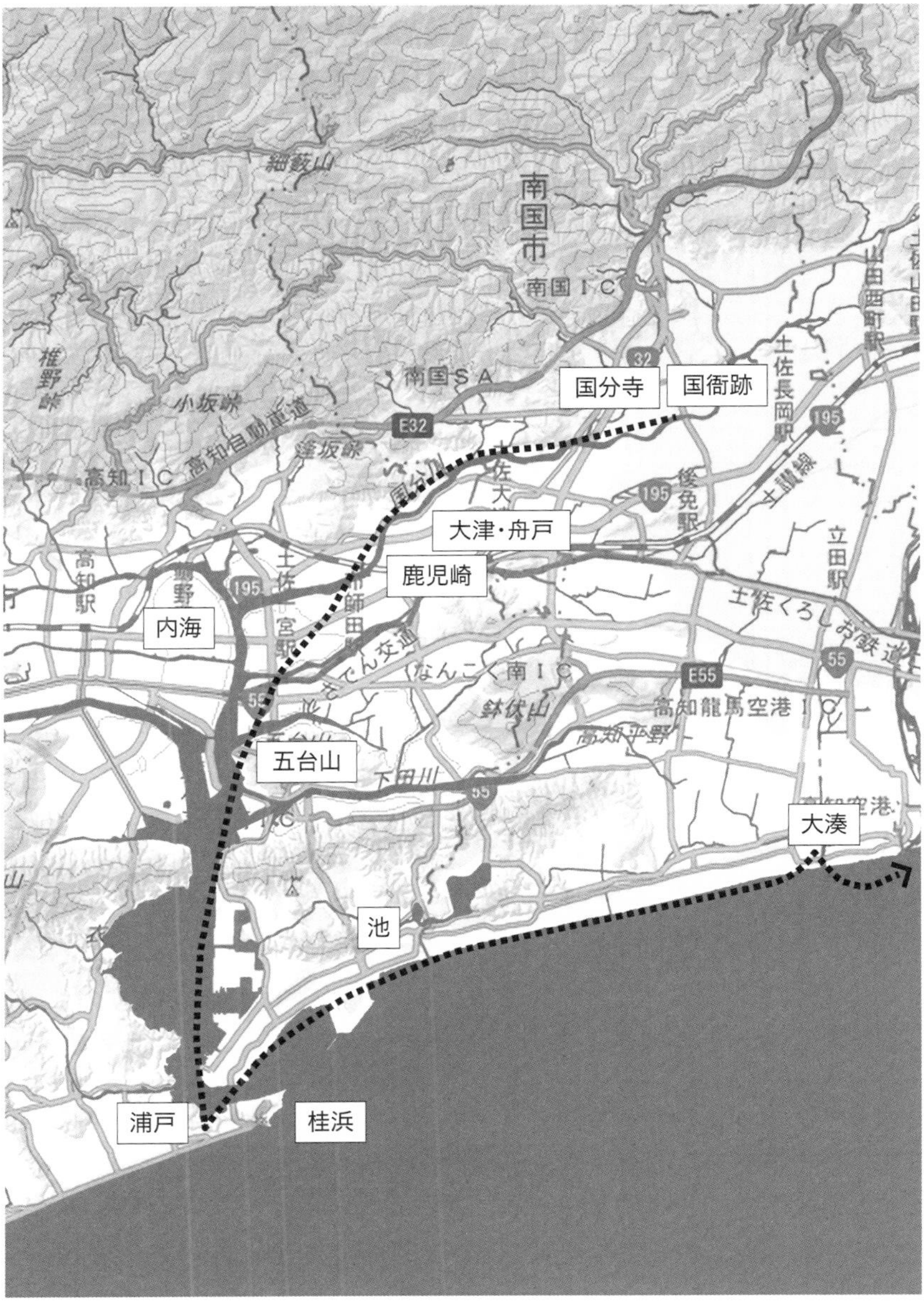

第一章　土佐の国

をとこもすなる日記《にき》といふものを、女《をんな》もしてみんとてするなり。

それの年《とし》の十二月《しはす》の二十日《はつか》余一日《あまりひとひ》の日《ひ》の戌《いぬ》のときに門出《かどで》す。その由《よし》、いささかものに書《か》きつく。

ある人《ひと》、県《あがた》の四年五年《よとせいつとせ》はてて、例《れい》の事《こと》どもみなしをへて、解由《げゆ》などとりて、住《す》む館《たち》より出《い》でて、船《ふね》にのるべきところへ渡《わた》る。かれこれ、知《し》る知《し》らぬ送《おく》りす。年頃《としごろ》よく見知《みし》つる人々《ひとびと》なん、別《わか》れがたく思《おも》ひて、日《ひ》しきりにとかくしつつ、喧《ののし》るうちに夜《よ》ふけぬ。

十二月二十一日　国府から大津へ

殿方がお書きになるという日記を女のわたしが書いてみようと思います。

承平四年（西暦九三四年）十二月の二十一日、戌の刻《いこく》（午後八時）に京へ帰る旅が始まりました。

そのことについて書いてまいります。

おやかた様は土佐の国（今の高知県）の国司《こくし》というお役を四、五年お務めになり、新しい国司様にお役目の引継ぎをすべて終えられて解由状《げゆじょう》を受け取られました。そして夜になって、それまで住んでおられたお館をお出になって、船着き場へ向かわれたのでございます。

よく存じ上げているお人や知らないお人たちなどたくさんの方々がお見送りをいたします。特に親しくおつきあいのあったお方などとは互いに名残惜しいお気持ちからでしょうか、あわただしい中にもにぎやかにみなさま夜が更けるのもいとわずにご歓談が弾み、それは大津に着いてからも続きました。

土佐の国司・土佐守を任じられて足掛け五年、秋も深まった十月に後任の島田公鑒《きみあき》がようやく着任した。新しい国司に業務の引継ぎをすべて終えて、今日は、新国司が引き連れて来た官人たち、貫之と今回一緒に帰る官人たち、当地の官人たちなど百余名が国庁の正殿に着座して国司業務の引き継ぎ式が執り行われた。

貫之は、新国司から「過怠なく役務を果たしたことを証する」という解由状《げゆじょう》を受け取って、「やれやれ」と思ったが、「当然のこと、時間をかけやがって」とつぶやきかけてかろうじてとどまった。

国司業務引継ぎ式のあと、貫之は出立の身支度をし、戌の刻（午後八時）に居館《やかた》を出た。国分川の渡し場までの道すがら、近在の者たちの大勢の見送りの中、両側にはかがり火がたかれ貫之の一行を明るく照らし出していた。

一行は用意された十艘の川舟に分乗し、いっせいに川の流れに漕ぎ出す。帰京の旅が始まる。舟の行き先を見通すため、すべての松明《たいまつ》が消されると満天の星空がくっきりと浮かび上がり、その星明りで行く先の川筋を淡く照らし出した。

舟は櫓をきしませながら流れに乗って下って行く。

やがて、舟は大津・舟戸の桟橋に着き、たくさんの者たちが出迎える中、貫之一行は出屋敷に落ち着いた。

旅立ちの時刻が戌の刻（午後八時）というのは、この時代、祭祀祭礼や日常生活、思想に大きな影響を与えた陰陽《おんみょう》思想にもとづく旅立ちの決まり事であった。貫之はその定めを愚直に踏襲したのである。

現在、高知県南国市比江の国分川北岸沿いに土佐国衙《こくが》跡や紀貫之邸跡があって、その近辺は史跡公園に指定されている。また、「船に乗るべきところ」は高知市大津舟戸の大津小学校に「紀貫之舟出の地」として碑が建っている。

廿二日《はつかあまりふつか》に、和泉国《いづみのくに》までと平《たひら》かに願《ぐわん》たつ。藤原《ふじはら》のときざね、船路《ふなぢ》なれど餞《むまのはなむけ》す。
上中下《かみなかしも》酔《ゑ》ひ過《す》ぎていとあやしく、潮海《しほうみ》のほとりにてあざれあへり。

十二月二十二日　大津・舟戸にて
おやかた様は和泉の国まで安全に航行できるようにと船首に祀《まつ》られた神棚にご祈願なさいました。
藤原のときざね様が船旅といえど馬のはなむけにとお酒やお土産を持ってお見送りにおいでになりました。
送る者も送られる者も身分を問わずみなが遠慮もなくお酒に酔いしれて、潮海のほとりで野菜を塩でまぶすようにしてふざけあっています。

今日は朝早くから船では土佐神社の神官を迎えて航行安全の祈願をした。船首に設けられた神棚で幣《ぬさ》を祓《はら》う神官の祈祷に続いて、貫之は四方礼拝し、官船であることを示す旗幟《はたじるし》を掲げた。

貫之は五年前のこの土佐に来た時のことを思い出す。

友が島水道と鳴門海峡は船で渡ったが、それ以外はすべて陸路を馬に乗っての旅であった。生まれて初めての土佐への長旅とはいえ、未知の期待もあり、足が地についての旅でもあり、不安を感じることはなかった。それが帰りはなにしろ大量の貨物を京へ持ち帰るために全行程が船ということになった。

船底一枚下は地獄という例えがある。まして、和泉の国までは海賊に襲われる不安もある。これから始まる長い船旅が無事でありますようにとの思いは同じくして皆も神妙に航海の安全を祈った。

「船旅といえど馬のはなむけ」は、馬に乗らない船旅であるけれども、馬の鼻を行先に向ける「馬のはなむけ」即ちお餞別を頂いた、の意味である。貫之は「船旅」を「馬のはなむけ」の言葉に結び付けて、あるものと別のものを「合わせる」ことで「言葉の遊び」をしているのである。言葉の遊びは歌の中にも出てくる。

当時の王朝貴族の間での「言葉遊び」は即興の「頓智《とんち》」「洒落《しゃれ》」として喝采を浴びる時代であった。

二十三日《はつかあまりみか》。八木《やぎ》のやすのりといふ人《ひと》あり。この人《ひと》、国《くに》にかならずしも言《い》ひ使《つか》ふものにもあらざなり。これぞ偉《たた》はしきやうにて餞《むまのはなむけ》したる。守《かみ》からにやあらん。国人《くにひと》の心《こころ》のつねとして、「今《いま》は」とて見《み》えざなるを、心《こころ》あるものは恥《は》ぢずぞなん来《き》ける。これは物《もの》によりて褒《ほ》むるにしもあらず。

十二月二十三日　大津・舟戸にて

八木やすのり様がお見送りに来られてりっぱなご挨拶をなされました。ご当地のお偉いお方様じきじきのお見送りのご挨拶は、おやかた様のお人柄や国司としての務めぶりがよかったということでございましょう。大概は新しい国司様に気兼ねをしておおっぴらにはお見送りを避けるものでございますが、さすが土地のお偉いお方様ともなりますと、そのようなことには頓着なされないようでした。去り行く者に今さらお愛想をしてみてもと、見送りをしないのが当たり前のこの地の人々の思いとは異なり、八木様のことを「立派なお方だ」とおやかた様はしきりにお褒めでした。お餞別をたくさんいただいたということでそう仰せになったのではないようでございます。

貫之は見送りに来てくれた八木泰典《やすのり》と話し込むうちに、赴任当初の落ち着かない日々のあったことを思い出す。

流人の地でもあった僻地《へきち》土佐は、国庁の建物のみすぼらしさや鄙《ひな》びた山村のうら寂しさは覚悟していたとして、見るもの、聞くものすべてにおいて京での経験や常識が役に立たない異世界に飛び込んだようであった。京では宮中の生活が多く、天皇や側近との接触の日々に明け暮れた貫之にとっては想像を絶する思いであったに違いない。

そのような土佐で、八木泰典《やすのり》の存在は大きな救いであった。八木泰典は京で暮らしたこともあり、貫之にとって頼りになる相談相手であった。土地の豪族にとっても京から派遣される国司は近寄り難い身分の差があるが、国司に協力することが自分の立場の強化に役立つことからお互いによい付き合いになったことは自然のなりゆきでもあった。そしてこのことは国司と現地の実力者との模範的な関係を示すことについて貫之が書き記すことで京へそれとなく報告したいことであった。

廿四日《はつかあまりよか》。講師《かうじ》、餞《むまのはなむけ》しに出《い》でませり。ありとある上下《かみしも》、童《わらは》まで酔《よ》ひしれて、一文字《いちもんじ》をだに知《し》らぬ者《もの》しが、足《あし》は十文字《じふもんじ》に踏《ふ》みてぞ遊《あそ》ぶ。

十二月二十四日　大津・舟戸にて

国分寺のお住職様がお別れのご挨拶に見えました。お見送りの方々がご持参になるお酒や食べ物は、その場にいるものは誰彼かまわず子供までもがご馳走に預かります。毎日がお祭りのようでお酒に酔ったお人たちのなかには、一という字を書けない者が足では十の字を書くように踊るやら楽しそうにふざけあいます。

京都までの海路のご無事をご祈願申し上げましたという国分寺住職の見送りの挨拶に、貫之は一応の礼を述べたものの、それほど信仰心が厚いわけでなく、応対は他のものに任せてそこそこに座をはずした。国分寺の住職にしても早く京へ帰りたいということのとりなしを察してもらえればそれで十分であったのかもしれない。

貫之は主だった者たちを集めて積荷の確認と楫取《かじとり》たちとの打合せを命じた。

仏教が六世紀中ごろ日本に伝わって以来、太陽や山川といった自然を祀るわが国の古くからの宗教観を大事に守ろうとする物部氏と仏教が国を守るという蘇我氏との間で勢力争いが繰り返された。西暦五八七年蘇我氏側が勝利し、わが国の新しい文明が始まった。聖徳太子は戦勝を記念して四天王寺を建立し、それ以来各地に寺院が造営されていった。

八世紀中ごろ、聖武天皇は仏教を国家政策として受容することを明確に打ち出し全国六十二か国に国分寺の造営を命じた。

土佐の国分寺は七四一年に建立されたとされるが、平安時代後半には金堂などが火災で焼失し、今では礎石が残るだけで詳しい構造、配置などは分かっていない。創建当初とほぼ同じ場所の南国市に四国八十八か寺の霊場二十九番札所国分寺が十六世紀に建立された。

土佐日記は国分寺が当時あったことを伝える貴重な記録である。

廿五日《はつかあまりいつか》。守《かみ》の館《たち》より呼《よ》びに文《ふみ》もて来《き》たなり。よばれていたりて、日《ひ》ひと日《ひ》、夜《よ》ひと夜《よ》、とかく遊《あそ》ぶやうにて明《あ》けにけり。

十二月二十五日　国府にて

「遊びに来るように」と新しい国司様のお館からお呼びがかかり、むげにお断りすることもできず、おやかた様は皆を引き連れて国衙に行かれました。お別れの宴のおつもりだったのでしょうか、一日中、夜が更けてからも雅びも何もあればこそ、ばか騒ぎするばかりでございました。

貫之は新任国司らのどんちゃん騒ぎを目の当たりにして「時代が変わった」と思う。この土佐でのんびりとした五年余りの生活が、京へ帰ればどのように変わるのか垣間見たような思いがする。苦労知らずに育った若者たちにはついていけないと思う。

それでも場の雰囲気をこわさないように調子を合わせる貫之であった。

廿六日《はつかあまりむゆか》。なほ守《かみ》の館《たち》にて、饗《あるじ》し喧《ののし》りて郎等《らうどう》までにもの纏頭《かづ》けたり。
漢詩声《からうたこゑ》あげて言《い》ひけり。大和歌《やまとうた》、主人《あるじ》も客人《まらうど》も他人《ことひと》も言《い》ひ合《あ》へりけり。
漢詩《からうた》はこれにえ書《か》かず。大和歌《やまとうた》、主《あるじ》の守《かみ》の詠《よ》めりける。

みやこいでて　きみにあはんと　こしものを
こしかひもなく　わかれぬるかな
となむありければ、帰《かえ》る前《さき》の守《かみ》の詠《よ》めりける。
しろたへの　なみぢをとほく　ゆきかひて
われににべきは　たれならなくに

十二月二十六日　国府にて

ご馳走やお酒を頂いたり、従者にお餞別をいただいたり、にぎやかな宴は夜が明けても続きました。どなたかが漢詩を朗々とお歌いになります。おやかた様や新しい国司様その他のお人たちは大和歌をお詠いになったりしてご歓談がいつ果てるともなく続きます。漢詩は女のわたしにはよくわかりませんので書かないことにいたします。新しい国司様が送別のお歌を詠まれました。

都《みやこ》いでて　君《きみ》に会《あ》はんと　来《こ》しものを
来《こ》し甲斐《かひ》もなく　別《わか》れぬるかな

「都を出てあなたに会えるのを楽しみにはるばるやってきましたのに、その甲斐もなくもう別れてしまうのですね」

それに応えて、京へ帰るおやかた様が次のようにお返しになりました。

白妙《しろたへ》の　波路《なみぢ》を遠《とほ》く　行《ゆ》きかひて
我《われ》に似《に》べきは　誰《たれ》ならなくに

「遠い遠い波路を越えてあなたは当地へ来て、私は京へ帰ります。いま、あなたと別れますが、四年先にあなたは新しい国司を迎えるのです。今と同じように行き交うのはほかでもないあなたなのです」

しんみりとした思いを歌に込めて問いかけた新国司に対して、貫之は、軽く返歌した。贈りの歌とそれに対する返戻の歌の問答歌は貴族の付き合いで欠かせない儀礼であり、即返答することの機転が問われる優雅な遊びでもあった。

他人々《ことひとびと》のもありけれど、さかしきもなかるべし。とかくいひて、前《さき》の守《かみ》、今《いま》のも、もろともに降《を》りて、今《いま》のあるじも、前《さき》のも、手取《てと》り交《か》はして、酔言《えひごと》に心《こころ》よげなる言《こと》して出《い》で入《い》りにけり。

他のお人のお歌もありますが、ここに書き残すほどのしゃれたお歌はありません。そのうちに、新しい国司様もおやかた様も縁から庭に降りられて、酔い心も手伝ってでしょうか、お互いにきれい事などをお言いになってお別れになったのでございます。

貫之の一行は昼を過ぎて戻ってきたが、さんざん騒いだあとでもあり、明日の早い出発を前にして船のほうには人影もなく、貫之は一人桟橋にたたずんだ。

内海は静かに日が暮れていく。

西に向かって奥深く広がっている海面にはいくつもの島が見える。その向こうに重畳《ちょうじょう》と続く山なみ、その山の端にかかる雲のふちが金色に輝いて、時折雲間からのぞく太陽が内海全体を照らし出す。

やがて、蒼かった空は徐々に茜色《あかねいろ》に染まり始め鏡のような海面に映る。

明日は京へ向けてこの地と別れる。海の蒼《あお》、山の緑、寒さ知らずで、盗みや飢えやいくさのないこの地での五年間を振り返って、貫之はこの地にいつまでもと思うが、昔のよき日のことを思うと貫之にとっては「やはり京」でなければならないのであった。

四国を横断する脊梁《せきりょう》山脈から流れ出す川によって土佐の国に運ばれる土砂は、一つは直接太平洋に向かう物部川によってその下流域に田村荘という豊かな荘園を、もう一つの西の方に向かう国分川は内海に流れて今の高知市街地を形成した。

当時の内海はまわり一面にヨシの原が広がっていただろう。

土佐日記注釈書や研究書はたくさんあるなかで、天保十年の橘守部の「土佐日記船の直路」と、鹿持雅澄の「土佐日記地理弁」があり、当時の図（次ページ）を掲載している。

万葉集研究で有名な土佐生まれの鹿持雅澄は、「橘守部が土佐日記舟の直路に出したるそこの国の図は……いとみだりなりことのみにていたくたがえるところ多ければ」として、「土佐郡高坂アタリヨリ伊東、紀氏帰京ノ頃ノ状ヲ漫《そぞろ》ニ推度シテ仮ニコノ図ヲツクル」と記している。

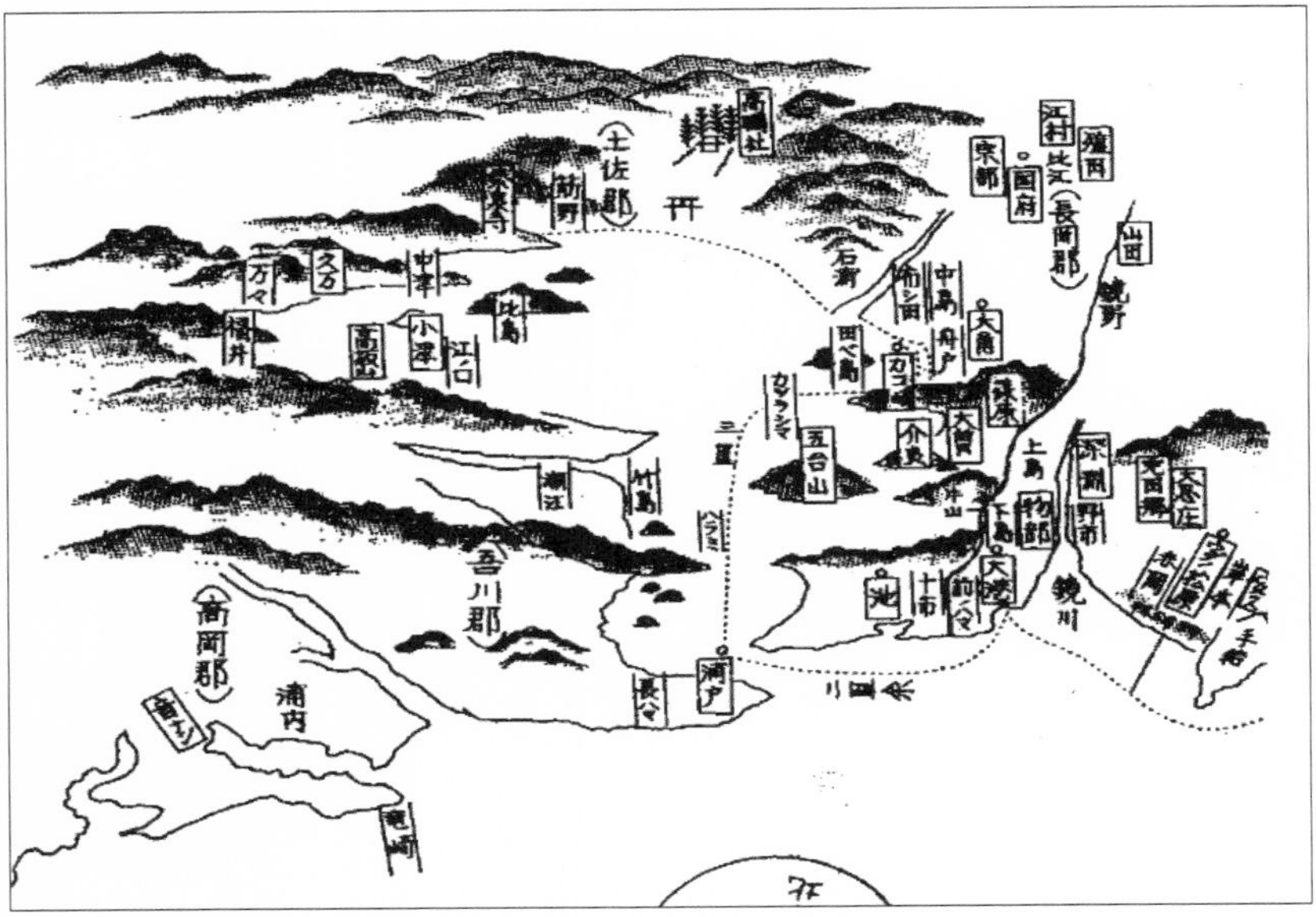

鹿持雅澄の土佐日記地理弁の土佐湾

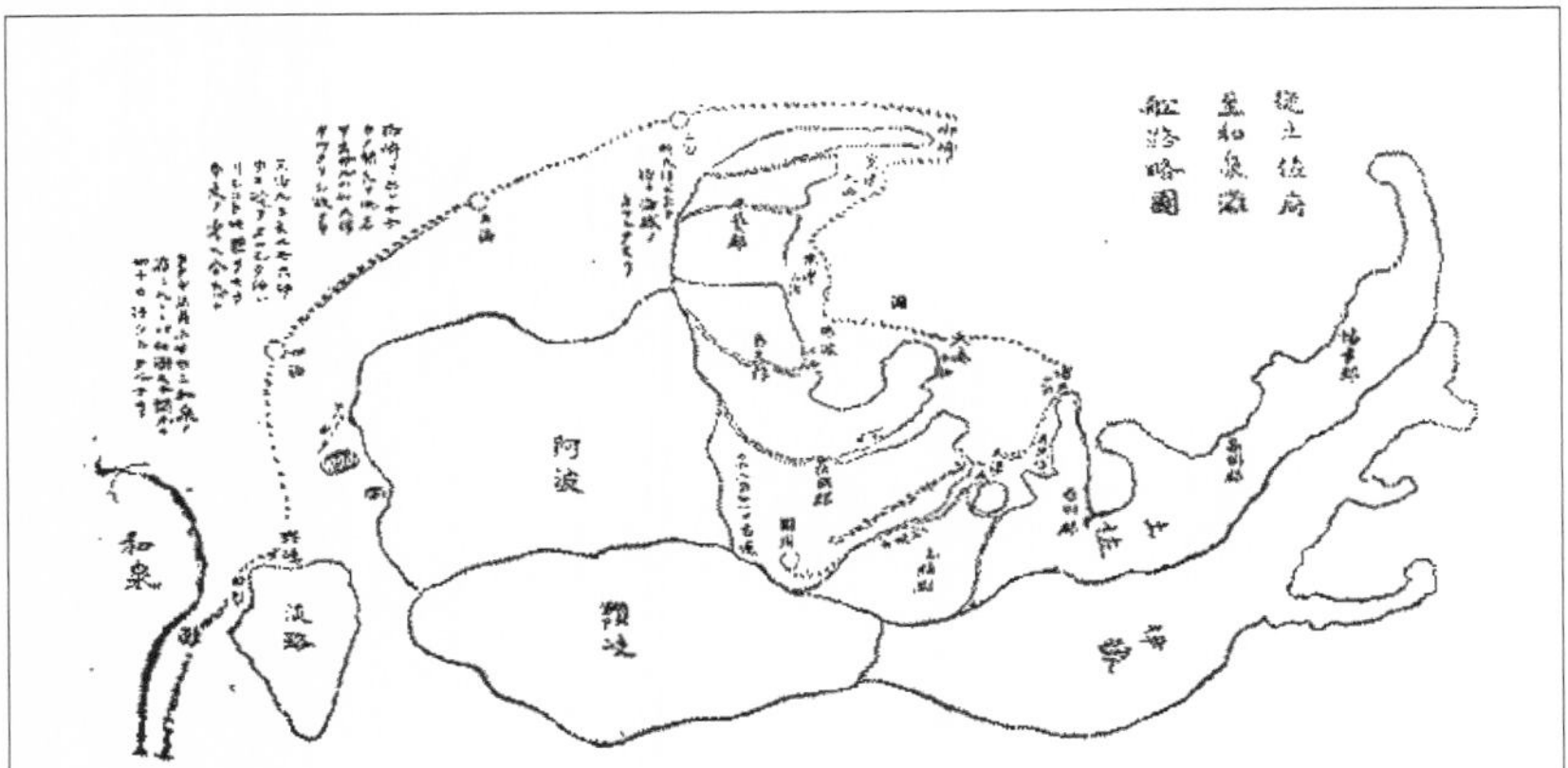

橘守部の土佐日記舟の直路の四国、淡路島

第二章　船出

廿七日《はつかあまりなぬか》。大津《おほつ》より浦戸《うらど》をさして漕《こ》ぎ出《い》づ。

十二月二十七日　大津から浦戸へ
船は大津から浦戸へ向けて漕ぎ出しました。

朝早く出屋敷を出て船に乗り込んだ貫之夫妻はせまい船屋形でこれから始まる長い船旅に備えて歌の巻物や家具、衣類の詰まった唐櫃、身の回り品を整理している。楫取《かじとり》（船頭）は荒っぽい声で水手《かこ》（漕ぎ手）たちを叱りつけながら最後の積み荷を船内に運び込ませて荷崩れがしないように綱で縛りつけさせたりなどした。
楫取から準備が整ったと聞いた貫之はすぐに船出を命じた。
大勢の見送りの声に貫之は手を上げて応える。乙女たちは領令《ひれ》（ネッカチーフ）を振り「航海のご無事を」とにぎやかな声のなか船は桟橋を離れた。

かくあるうちに、京《きょう》にて生《う》まれたりし女児《をんなご》、国《くに》にてにはかに失《う》せにしかば、この頃《ころ》の出《い》で立《た》ち急《いそ》ぎをみれど何言《なにごと》も言《い》はず。京《きょう》へ帰《かへ》るに、女児《をんなご》の亡《な》きのみぞ悲《かな》しび恋《こ》ふる。ある人々《ひとびと》もえ耐《た》へず。このあひだに、ある人《ひと》の書《か》きて出《い》だせる歌《うた》、

みやこへと　おもふをものの　かなしきは
かへらぬひとの　あればなりけり

また、ある時《とき》には、

あるものと　わすれつつなほ　なきひとを
いづらととふぞ　かなしかりける

まわりがあわただしい旅立ちの中にあって、おやかた様のお方様は、京でお生まれのお

姫様を連れて来られましたのに、この地で急にお亡くなりになって、その悲しみを旅の準備で気を紛らわすかのように忙しく立ち働き、一言もおしゃべりをなさいません。京へ帰るについて、お姫様がいらっしゃらないことを悲しく恋しく思っておられるご様子が皆にも伝わって、そのお姿を見ることが辛うございます。

そのお方様が次のお歌を色紙にお書きになりました。

都《みやこ》へと　思《おも》ふをものの　悲《かな》しきは
　　帰《かへ》らぬ人《ひと》の　あればなりけり

「ようやく京へ帰る日が来ましたのに、それにつけても悲しいと思うことは、京へもこの世にも帰ることのできないあの娘がいないことです」

それに応えて、おやかた様は次のように詠まれたのでございます。

あるものと　忘《わす》れつつなほ　亡《な》き人を
　　いづらと問《と》ふぞ　悲《かな》しかりける

「亡くなって今はいないのに、それを忘れて、わが子はどこに、などと思わず口走ってしまい、ああ あの子は亡くなったのだと思う悲しさは同じです」

貫之は妻が詠んで書いた色紙を受け取って、思いは同じと妻の悲しみに応えて歌を返した。

といひけるあひだに、鹿児崎《かこのさき》といふ所《ところ》に、守《かみ》の同胞《はらから》、また他人《ことひと》、これかれ酒《さけ》なにと持《も》て追《お》ひきて、磯《いそ》に下《お》りゐて別《わか》れがたきことを言《い》ふ。

船が桟橋を離れて間もなく、新しい国司様のお兄弟やその他のお人たちがお酒などを手に手にかざして磯伝いに大声をあげて馬を走らせて見えました。そして、鹿児崎で皆が馬から下りて「お別れが寂しい、今一度」と口々に言われます。

任務の引き継ぎに明け暮れて十分な懇親を図れなかったこともあってか、残る人たちの別れを惜しむ声に、貫之は嬉しくなって船を磯に着けるように楫取に命じた。

守《かみ》の館《たち》の人々《ひとびと》のなかに、この来《き》たる人々等《ひとびとら》心《こころ》あるやうに言《い》はれほのめく。かく別《わか》れがたく言《い》ひて、かの人々《ひとびと》の口網《くちあみ》も諸持《もろも》ちにて、この海辺《うみべ》にて担《にな》ひ出《い》だせる歌《うた》、

をしとおもふ　ひとやとまると　あしかもの
　　うちむれてこそ　われはきにけり

と言《い》ひてありければ、いといたく愛《め》でて、行《ゆ》く人《ひと》の詠《よ》めりける、

さをさせど　そこひもしらぬ　わたつみの
　　ふかきこころを　きみにみるかな

船の中に残ったお人たちは、新しい国司様のお連れの方々のなかにも、このように気さくなお方がおられるものだ、と話し合っています。

磯では、皆がてんでにお別れがつらいと言いながら、漁師が大勢で網を担ぎだすときのように、声をそろえて次のようにお詠いになりました。

惜《を》しと思《おも》う　人《ひと》やとまると　あし鴨《がも》の
うち群《む》れてこそ　我《われ》は来《き》にけり

「あなた様とお別れが惜しいと思って、お止めすれば留まっていただけるかと期待して、あし鴨が群れるように私たちは来ました」

おやかた様はすばらしいお歌だと感心されて、次のお歌をお返しになりました。

棹《さを》させど　底《そこ》ひも知《し》らぬ　わたつみの
深《ふか》き心《こころ》を　君《きみ》に見《み》るかな

「棹を指しても海底には到底届かない海のように深いあなた方の親切なお気持ちがうれしいです」

といふあいだに、楫取《かじとり》もののあはれも知《し》らで、己《おのれ》し酒《さけ》を食《くら》ひつれば、早《はや》く往《い》なんとて、「潮満《しおみ》ちぬ。風《かぜ》も吹《ふ》きぬべし」とさわげば、船《ふね》に乗《の》りなんとす。この折《おり》にある人々《ひとびと》、折《おり》ふしにつけて漢詩《からうた》ども、ときに似《に》つかわしき言《い》ふ。また、ある人西国《ひとにしぐに》なれど甲斐歌《かひうた》などいふ。かく詠《うた》ふに、「船屋形《ふなやかた》の塵《ちり》も散《ち》り、空《そら》行《ゆ》く雲《くも》も漂《ただよ》ひぬ」とぞ言《い》ふなる。

　このように別れがつらいという思いで盛り上がっている雰囲気のところを無神経な楫取の声で打ち破られました。

　楫取はもののあわれを解するどころか、自分だけさんざん酒を飲み終われば、早く船を進めることを考えて、「潮が満ちてきましょう。風も吹き出すことでしょう」とことさらに大声をあげながら船に乗り込むのでした。

　おやかた様は楫取のかけ声を聞き流されて、この場にふさわしい漢詩をお歌いになるお人や、西国なのにしゃれて東国の甲斐歌をお謡いになるお人たちとのかけあいを楽しまれています。「みんなの美声で船屋形の塵も散り、空ゆく雲も漂いぬ」なぞと中国の古い漢詩をご披露なさるなどしてご機嫌なことです。

　礒では若者たちから思いもしないみやびな歌や漢詩などが飛び出して、貫之は機嫌よく返し歌も詠み楽しいひと時をもった。

　ひとしきり、励ましとも惜別ともつかぬ懇談のあと船に戻った貫之たちは二度目の見送りをあとにして船は岸を離れふたたび漕ぎ進めた。

船は五台山の島の御崎に向けて内海を進む。一里ほどの距離を漕いで御崎を回り船は南へと向きを変える。前方に東西に連なる烏帽子山の山並みの一部が斧でスパッと切り裂いたような切り通しの水路が見える。いつもは潮の流れがどちらかに激しい流れを生じているこの水路も、今はちょうど転流時かして流れが止まっている。楫取はこのことを知って出発を急がせたことがわかる。

二百間ほどの狭い水路を抜けると美しい小島が点在する浦戸の入江に船は入った。

今宵《こよい》浦戸《うらど》に泊《とま》る。藤原《ふじはら》のときざね、橘《たちばな》のすゑひら、こと人々《ひとびと》追《お》ひきたり。

今宵は浦戸に泊ります。

藤原ときざね様、橘すえひら様その他のお人たちが浦戸まで追って来られました。

船が浦戸に舫《もや》うころにはようやく陽は傾き始めていた。

貫之たちの船を追って付いて来てくれた藤原のときざねや橘のすえひろ等の好意が、次いつ会えるかわからない貫之に対する強い思慕からのことと思うと貫之は嬉しかった。

ここでも夜遅くまで歓談が続いた。

浦戸の地名が文献に出てくるのはこの土佐日記が初見であるといわれている。浦戸の東寄りの太平洋に面したところに月の名所として名高い桂浜があり、そこに太平洋の遠くを見つめる坂本竜馬の銅像が建ったのは昭和三年（一九二九年）のことである。

千年も前の浦戸、その前面に長い砂浜の種崎は形成されていただろうか。

種崎はまだなく、大平山の島が対岸に見えていたかもしれない。

> 廿八日《はつかあまりやうか》。浦戸《うらど》より漕《こ》ぎ出《い》でて大湊《おほみなと》を追《お》ふ。このあひだに、はやくの守《かみ》の子《こ》、山口《やまぐち》のちみね、酒《さけ》、美物《よきもの》ども持《も》てきて船《ふね》に入《い》れたり。ゆくゆく飲《の》み食《く》う。

十二月二十八日　浦戸から大湊へ
浦戸の泊を出て、船は大湊に向けて漕ぎ進みます。

以前に当地に赴任したある国司様のご落胤の山口千峰さまが、お酒やご馳走を漕ぎ進む私たちの船に差し入れていただきました。船を進めながらそのお酒やご馳走を飲んだりいただいたりいたします。

船は浦戸からしばらく漕ぎ進めてその東端の竜頭岬《りゅうずみさき》をかわすと光芒《こうぼう》とした太平洋に出た。潮はゆるやかに東へ流れているようで、波風がなく水手たちは元気な掛け声をあげて艪を漕ぐ。

貫之はようやく帰京の旅についたことを実感し船の前方を見つめる。

山口千峰が酒などを差し入れてくれた。そのことがその者が持つ京への強い慕情からのもの、と思うと貫之は哀れを感じずにはいられなかった。

船は十梃艪で大体時速三キロ程度として、浦戸から大湊まで約十キロ東方、三時間ほどの航程である。

大湊には、米、塩、干魚、油、酢、酒などを山積みした時文、是望の船が貫之一行を待っていた。都合三艘で京へ向かうことになる。

廿九日《はつかあまりここぬか》。大湊《おほみなと》に泊《とま》れり。医師《くすし》、振《ふ》りはへて屠蘇《とそ》、白散《びやくさん》、酒加《さけくは》へて持《も》てきたり。心《こころ》ざしあるに似《に》たり。

十二月二十九日　大湊にて

今日は大湊に泊まっています。

医師《くすし》様が屠蘇と白散とそれを調合するお酒も添えてご持参されました。元旦に飲むと一年が無病息災でいられるというお屠蘇などの差し入れに、さすがに医師さまに似つかわしいといいたいところですが、そのご厚意がわざとらしくて、おやかた様は終始そっけないご様子でした。

医師が国府から遠い道のりにもかかわらず、見送りを兼ねて元日用の屠蘇を届けてくれた。貫之の子どもの急な病に役に立たなかったことの少しは罪滅ぼしの気持ちがあるかと思うが、いまさら娘が帰るわけでもないと思うと素直になれない貫之であった。

一年の罪穢《つみけが》れを払い清める形ばかりの大晦日の儀式をした後、貫之は屋形に一人残って過ぎ越しこの五年間を振り返り、失意のうちに京へ帰ることとなることに思いを巡らせる。

従五位の下という貴族の最下級の立場で経済的に余裕のなかった貫之が自ら希望して国司任官を願い出てこの地に赴任することになった。そして、赴任にあたって醍醐天皇の計らいで古今和歌集のなかから秀歌を選び出して「新撰和歌集」を編纂するようにと命ぜられたのであった。

ところが、この地に赴任した年の九月に醍醐天皇が崩御し、次の年には宇多天皇が、そして、主君の藤原兼輔までもがこの世を去り、貫之は京で自分を高く評価し、温かく声をかけてくれた三人の大事な支えを失ったことで、京へ戻ってかつてのような日の当たる役どころに着けるかどうか心細かった。


元日《ぐわんいち》。なほ同《おな》じ泊《とまり》なり。白散《びゃくさん》をある者《もの》「夜《よ》の間《ま》」とて、船屋形《ふなやかた》にさしはさめりければ、風《かぜ》に吹《ふ》きならさせて、海《うみ》に入《い》れてえ飲《の》まずなりぬ。芋茎《いもじ》、荒布《あらめ》も歯固《はがた》めもなし。かうやうのものなき国《くに》なり。求《もと》めしもおかず。ただ押鮎《おしあゆ》の口《くち》をのみぞ吸《す》ふ。この吸《す》ふ人々《ひとびと》の口《くち》を、押鮎《おしあゆ》もし思《おも》ふやうあらんや。

「今日《けふ》は都《みやこ》のみぞ思《おも》ひやらるる。小家《こへ》の門《かど》の端出之縄《しりくべなは》のなよしの頭《かしら》、柊《ひらぎ》ら、いかにぞ」
とぞ言《い》ひあへなる。

元日　大湊にて

なお同じ大湊にとどまっています。医師様からいただいた白散をすこしの間だけと船屋形の軒先に差し挟んでおいたのですが、夜の間に風に吹き流されて海に散ってしまい結局飲めずじまいでした。

正月に食べると長命になるというお祝いの食べ物の芋茎《いもじ》や荒布《あらめ》といった歯固めはこの土佐ではありません。とくべつに買い求めておくこともしなかったのです。歯固めの一つの土佐の名物の押鮎は土産物として持参しましたのでその押鮎の口を皆がかじります。その様子を見て、「押鮎は口を吸われてよい気持ちと思っているかもしれない」とおやかた様の仰った冗談が、侘しさを感じる皆の気持ちをすこしは和らげます。

「元日の京の町並みが格別に恋しい、家ごとに飾るしめ縄のぼらの頭や柊の葉っぱが思い出される」などと船中ではそれぞれが京の元日風景を話し合っています。

貫之一行は狭い船上で承平五年の元旦を迎えた。

一晩中強い風が吹き、朝起きて見てみると沖には白波が立っている。今日は出航の予定はなかったがそれにしてもひどい正月になったものだと貫之は思う。みんなを無事に京へ連れて帰る困難さを思うと気の重さから解放されることはなかった。

正月元旦だというのにそれらしいご馳走もない。

これからの長い船旅を思うと自ら気を奮い立たせて、一行の惨めな有様を少しでも和らげようといろいろ気遣いを見せる貫之であった。

京では、元旦には天皇が清涼殿で四方の神霊《みたま》を拝礼する四方拝に始まって、ついで、大極殿にお出ましになる天皇・皇后に群臣百官が年賀を申し上げる朝賀《ちょうが》という儀式がある。午後からは豊樂院では元日節会《せちえ》の宴会が始まる。貫之はそのはなやかな京の元旦風景を思い浮かべている。

承平五年元旦のこの日は新暦では西暦九三五年二月十一日である。

二日《ふつか》、なほ大湊《おほみなと》に泊《とま》れり。講師《かうじ》、物《もの》、酒《さけ》おこせたり。

一月二日　大湊にて

なお、大湊に泊っています。

先日お見送りのごあいさつに来られた国分寺のご住職様から今日は食べ物やお酒が届きました。

荒れた海に船を漕ぎ出すことができずに、今日も大湊に泊ったまま一日が暮れる。

船の中で日長一日寝ている者がいるかと思えば、船を下りて陽だまりで談笑する者、山へ分け入って何やら見つけてくる者、魚釣りをする者などそれぞれが思い思いに行動して一日が過ぎる。

貫之は狭い番屋で主だった者たちを集めてこれからの航海と京へ帰ったときのこと等について話し合ったり、時には付近を散歩などしたりして時を過ごす。

三日《みか》。同《おな》じ所《ところ》なり。もし風浪《かぜなみ》の、「しばし」と惜《お》しむ心《こころ》やあらん、心《こころ》もとなし。

一月三日　大湊にて

いぜんとして同じところに泊っています。風や波が強いのです。もしかしたら、風も波も「おやかた様にまだしばらくは京へ帰らないでおくれ」と慕って船出を邪魔しているのかもしれません。不安が募ります。

今日も海が荒れて船を出すことができない。風は強く沖からの白波が一日中浜辺にはげしく打ち寄せている。そのような中に船を出そうものなら、たちまちのうちに船は打ち壊されてしまうだろう。

この土佐で最高位のものとして、思うがままに誰にはばかることもなく振る舞えた貫之でも波風には逆らえない。じっと我慢するしかない。いや、ひょっとすると貫之は、気ままに自分勝手に振る舞えたこの地での生活を名残惜しく思う気持ちを風や波になぞらえて足止めをくらっていることを楽しんでいるのかもしれない。

四日《よか》、風吹《かぜふ》けば、え出《い》でたたず。まさつら、酒《さけ》、美物《よきもの》たてまつれり。このかうやうに物《もの》もてくる人《ひと》になほしもえあらで、いささけわざせさす物《もの》もなし。
賑《にぎ》ははしきやうなれど負《ま》くる心地《ここち》す。

一月四日　大湊にて

今日も風が強く船を出すことができません。
まさつら様からお酒やおいしいものをいただきました。このように差し入れをしてくださるお人たちに貰いっ放しということもできず、気持ちばかりのお返しをします。

船の中はもらい物であふれていますのに、十分なお礼ができません。申し訳ないことです。

国庁の役人でこの五年間忠実に貫之の政務を手伝ったまさつらが来てくれた。貫之はこの五年間大過なく役を終えることができたことについて、まさつらに素直に礼を述べるとともに、新しい国司の元で今後気をつけることなどを話し合った。

当時、一日の出来事を書き込む具注歴という日記帳があった。具注歴には陰陽思想にもとづく毎日の吉凶や年中行事などが細かく注記されていて、四日は旅立ちの日として「良くない日」と出ていたので出航を見合わせたのだろう。

五日《いつか》。風波《かぜなみ》やまねば、なほ同《おな》じ所《ところ》にあり。人々《ひとびと》絶《た》えず訪《とぶら》ひに来《く》。

一月五日　大湊にて

依然として風、波が治まらず、なお、同じところです。たくさんのお人が訪れてお見えになります。

貫之は見送りに来てくれる人たちとの応対から、自分のこの地で行った政《まつりごと》が地元の人たちに受け容れられて喜びや感謝の気持ちを持ってもらえたと思う。

朝廷の権力を笠に着て国司は不正蓄財をはかり、それがもとで地元の役人や有力者との紛争が各地で頻発した。朝廷からは再三にわたる是正勧告が出されたにもかかわらず、国司の不正蓄財は一向に改まらなかった時代である。

貫之はそのような風評を意識して「人々が絶えずお見送りに来てくれます」と書くことで

「真面目に務め上げた国司である」ことの証として京へそれとなく報告しているのである。

六日《むゆか》。昨日《きのふ》のごとし。

一月六日　大湊にて
昨日と同じ大湊です。

いまは大湊という地名はない。その所在について昔からいろいろな説がある。今の高知空港のあたりに昔大きな潟湖《かたこ》があったようで、「かってそこには大湊と呼ばれる湊があった」と「高知県の歴史」(山川出版)は伝えている。
四国沖の南海トラフを震源とするマグニチュード八以上の大地震が一〇〇年から二〇〇年の間隔で発生している。地震やそれによって引き起こされる津波によってそのたびに物部川河口周辺の地形は大きな変化を繰り返してきたという。

七日《なぬか》になりぬ。同《おな》じ湊《みなと》にあり。今日《けふ》は白馬《あおうま》を思《おも》へど甲斐《かひ》なし。ただ波《なみ》の白《しろ》きのみぞ見《み》ゆる。

一月七日

とうとう七日になってしまいました。依然として同じ湊にいます。今日七日は、京では皇《みかど》様が紫宸殿《ししんでん》にお出ましになって御馬渡をご覧になる白馬の節会《あおうまのせちえ》の日です。そこに参列する貴族たちの晴れやかな姿などを想いますと、白馬を観ることもできず、見たくもない荒れた波の白さだけが見えることに一層わびしさが募ります。

貫之は番屋を出て浜辺に立つ。

湊のなかとはいえ乗って帰る船が風に吹かれて絶えず揺れている。

貫之は、今回のような惨めな正月を迎えたことに一人この世に取り残されたような気持ちのやりようのなさを感じている。七日といえば都では白馬の節会の行事がある。晴れがましい行事もさることながら、叙位叙勲が発表される日でもあり、それは前もって知らせが届く。従五位の下に叙せられて早十七年になるのに今年も知らせはなかった。
やはり京でなければ、と焦りが募る。

かかるあひだに、人《ひと》の家《いへ》の、池《いけ》と名《な》ある所《ところ》より、鯉《こひ》はなくて鮒《ふな》よりはじめて、川《かは》のも海《うみ》のもこともものども、長櫃《ながひつ》に担《にな》ひつづけておこせたり。若菜《わかな》ぞ今日《けふ》をば知《し》らせたる。歌《うた》あり。その歌《うた》、

あさぢふの　のべにしあれば　みづもなき
　　いけにつみつる　わかななりけり

いとをかしかし。この池《いけ》といふは所《ところ》の名《な》なり。よきひとの男《おとこ》につきて下《くだ》りて住《す》みけるなり。この長櫃《ながひつ》の物《もの》は、みな人《ひと》、童《わらは》までにくれたれば、飽《あ》き満《み》ちて、船子《ふなこ》どもは腹鼓《はらつづみ》を打《う》ちて、海《うみ》をさへおどろかして波《なみ》たてつべし。

今日は池というところに住むお人から、たくさんのご馳走の入った長櫃《ながひつ》を使いの者が担いでお見えでした。さすがに鯉はありませんが、鮒や川・海の魚、若菜などのお差し入れです。若菜は今日七日が若菜の節《せち》であることを知らせる洒落た贈り物です。
お歌も添えられています。

あさぢふの　野辺《のべ》にしあれば　水《みず》もなき
池《いけ》に摘《つ》みつる　若菜《わかな》なりけり

「私の住むところは萱の白い穂先が風に打ち広がる鄙《ひな》びた野辺《のべ》でございます。水辺のある池ではありませんのに池という名のこの地で採れた若菜をお届けいたします」

大変にお上品なお歌です。詠われている「池」というのはその土地の地名です。贈り主のお方は、京での勤めを終えて帰った殿御《とのご》についてきて、この地に住み着かれた身分のよい女房殿です。

この長櫃《ながひつ》のご馳走は皆に分けて頂きます。それで皆はおなかが満腹したのでしょう、腹鼓を打ってはしゃぎだし、そのあまりの賑やかさで海が驚いて更に波立つことでしょう。波が収まってほしいと思っているのに、贈り主の雅び心が分かるお人たちでありません。

気の利いた贈り物が届き貫之の気持ちが和やんだ。

貫之はこの地に来てから、請われて歌会を季節の折々に開き、歌の指導をしたその女性からの贈り物に添えられた歌を詠んで、その雅び心に京を身近に感じた。

かくて、この間《あひだ》にこと多《お》ほかり。今日《けふ》、割籠《わりご》持たせてきたる人《ひと》、その名《な》などぞやいま思《おも》ひ出《い》でん。この人《ひと》、歌詠《うたよ》まんと思《おも》ふ心《こころ》ありてなりけり。とかく言《い》ひ言《い》ひて、「波《なみ》のたつなること」と憂《うる》へ言《い》ひて、詠《よ》める歌《うた》、

ゆくさきに　たつしらなみの　こゑよりも
　おくれてなかん　われやまさらむ

とぞ詠《よ》める。いと大声《おおごゑ》なるべし。持《も》てきたる物《もの》よりは、歌《うた》はいかがあらん。この歌《うた》をこれかれあはれがれども、一人《ひとり》も返《かへ》しせず。しつべき人《ひと》もまじれれど、これをのみいたがり、物《もの》を飲《の》み食《く》ひて夜《よ》ふけぬ。この歌主《うたぬし》、「まだ罷《まか》らず」と言《い》ひて立《た》ちぬ。ある人《ひと》

の子《こ》の童《わらは》なるひそかに言《い》ふ。「まろ、この歌《うた》の返《かへ》しせん」といふ。驚《おどろ》きて、「いとをかしき事《こと》かな。詠《よ》みてんやは、詠《よ》みつべくは、早《は》や言《い》へかし」といふ。「「罷《まか》らず」とて立《たち》ぬる人《ひと》を待《ま》ちて詠《よ》まん」とて求《もと》めけるを、夜更《よふ》けぬとにやありけん、やがて住《い》にけり。「そもそもいかが詠《よ》んだる」といぶかしがりて問《と》ふ。この童《わらわ》、さすがに恥《は》じて言《い》はず。強《し》ひて問《と》へば、言《い》へる歌《うた》

ゆくひとも　とまるもそでの　なみだがは
　　みぎはのみこそ　ぬれまさりけれ

となん詠《よ》める。かくはいふものか。うつくしければにやあらん、いと思《おも》はずなり。「童言《わらはごと》にてはなにかはせん。媼翁《おんなおきな》ておしつべし。悪《あ》しくもあれいかにもあれ、便《たより》あらばやらん」とて置《お》かれぬめり。

今日はこのようなこともありました。破籠《わりご》（弁当箱）にお料理を詰めて持って来られたお人はなんというお名前だったか思い出せません。そのお人は、おやかた様にご自分の歌をほめてもらうおつもりで来られたようです。「波の立つ、というお題で詠んでみましょう」と前置きして次のように詠まれました。

行《ゆ》く先《さき》に　立《た》つ白波《しらなみ》の　声《こえ》よりも
　おくれて泣《な》かん　我《われ》やまさらむ

「あなた様の行く先に立つ白波の音よりも、お別れがつらくてこの地に残る私の泣く声の方が大きいと思いますよ」

大きなお声で詠まれたのですが、ご持参された粗末な破籠《わりご》と同じくお歌のほうもお粗末です。「しらなみ」には盗賊の意味が含まれていて、縁起でもないお歌を詠んだものです。その場にいた者たちは、口では感心したように見せかけるだけで、おやかた様も呆れてご返歌をされません。ほかに返歌できる者もおりますけれどもおたがいに感心したように見せかけるばかりで、ただ、飲んだり食べたりいたしますうちに夜も更けていきます。お歌を詠ったお人は「まだ帰りませんが……」と言いながらお席をお外しになりました。

あるお人のお子様が「私がご返歌をしましょうか」と言います。「それは意外な、詠めるの。詠めるならば早くお言い」と誰かが言います。「そのお人がお席に戻られたら詠みましょう」というので探してみましたが、気まずさをお感じになったのかして当のお方はお帰りになったあとでした。

「それで、どのように詠んだの」と言う催促の言葉に、そのお子は最初遠慮していましたけれども再三の催促に次のように詠んだのでした。

行《ゆ》く人《ひと》も　とまるも袖《そで》の　涙川《なみだがは》
水際《みぎは》のみこそ　濡《ぬ》れまさりけれ

「京へ帰る人もこの地に残る人も別れが悲しくて袖に涙が川のように流れます。私までもらい泣きをしてその川の水際がさらにそぼ濡れます」

上手に詠めたものです。純真な子供心ならこそ素直に詠めたのでしょう。

おやかた様は「しかし、子供の返歌というのはどうしたものか。ある年寄りが詠んだ歌として何かの序があれば届けるとしよう」とおっしゃって書き留められました。

八日《やうか》。さはる事《こと》ありてなほ同《おな》じ所《ところ》なり。今宵《こよひ》、月《つき》は海《うみ》にぞ入《い》る。これを見《み》て、業平《なりひら》のきみの「山《やま》の端《は》逃《に》げて入《い》れずもあらなん」といふ歌《うた》なん思《おも》ほゆる。もし海辺《うみべ》にて詠《よ》ましかば、「なみ立《た》ちさへて入《い》れずもあらなん」とも詠《よ》みてましや。

いまこのうたを思《おも》ひ出《い》でて、ある人《ひと》の詠《よ》めりける。

てるつきの　ながるるみれば　あまのかは
　　　　いづるみなとは　うみにざりける

とや。

一月八日　大湊

今日は船出の日としてはよくない日のようです。同じ湊にいます。

今宵は、この地では月が海に沈みます。これを観て、業平朝臣様の「山の端逃げて入れずもあらなむ」というお歌を思い出します。京では山の端に月が沈みますが、もし業平様が海辺でお歌を詠まれるとすれば「なみ立ちさへて入れずもあらなん」とでもお詠みになるでしょうか。

おやかた様はこのお歌を思い出されたご様子で次のように詠まれました。

照《て》る月《つき》の　流《なが》るる見《み》れば　天《あま》の川《かわ》
出《い》づる湊《みなと》は　海《うみ》にざりける

「いま、照り輝いているこの月が流れ流れて行く天の川の行先は海だったのだなあ」

今日は訪れる人もなく、貫之は無聊《むりょう》を持て余している。何か題を定めて歌でも詠もうと思うがそう簡単に詠めるものでもない。

夜半に海辺に立つ。上弦の月がやがて波間の向こうに沈む。

平安時代の色男在原業平の恋の遍歴を書いたとされる伊勢物語の第八二段に次の歌がある。

あかなくに　まだきも月《つき》の　隠《か》くるるか
山《やま》の端《は》逃《に》げて　入《い》れずもあらなん

「月をもっと見ていたい、月が沈む山の端よ、逃げて月が沈まないようにしておくれ」

貫之は三十年前に自分が撰修した古今和歌集に採録した業平の歌を思い出して、「山の端」を「海」になぞらえてようやく一首ひねりだした。

第三章　土佐を離れる

九日《ここぬか》のつとめて、大湊《おほみなと》より奈半《なは》の泊《とまり》を追《お》はんとて、漕《こ》ぎ出《い》でけり。これかれ互《たが》ひに、国《くに》の境《さかひ》のうちはとて、見送《みおく》りに来《く》る人《ひと》、あまたがなかに、藤原《ふじはら》のときざね、橘《たちばな》のすゑひら、長谷部《はせべ》のゆきまさ等なん、御館《みたち》より出《い》で給《たう》びし日《ひ》より、ここかしこに追《お》ひ来《く》る。この人々《ひとびと》ぞこころざしある人《ひと》なりける。この人々《ひとびと》の深《ふか》きこころざしは、この海《うみ》にも劣《おと》らざるべし。これよりいまは漕《こ》ぎ離《はな》れて行《ゆ》く。これを見送《みおく》らんとてぞ、この人《ひと》どもは追《お》ひきける。かくて漕《こ》ぎゆくままに、海《うみ》のほとりにとまれる人《ひと》も遠《とほ》くなりぬ。船《ふね》の人《ひと》も見《み》えずなりぬ。岸《きし》にも言《い》ふことあるべし。船《ふね》にも思《おも》ふことあれど、甲斐《かひ》なし。かかれど、この歌《うた》を独《ひと》り言《ごと》にして止《や》みぬ。

おもひやる　こころはうみを　わたれども
ふみしなければ　しらずやあるらん

一月九日　大湊から奈半の泊へ

朝早くに大湊を出て奈半の泊を目指して船は漕ぎ出しました。まだ土佐の内ですからお見送りにたくさんのお人がお見えになります。そのなかに、藤原のときざね様、橘のすえひら様、長谷部のゆきまさ様等は国衙《こくが》を出発しました時から、折を見ては訪れて来てくれました。このお人たちのご親切は深い海にも劣らないほどの厚いお気持ちを感じます。

私たちの船は漕ぎ早めていよいよ岸から離れていきます。岸伝いにお見送りをしてくださるお人たちもだんだん遠くなっていきます。舟でなおも追いかけてくださるみなさまのお顔も定かではなくなります。まだまだお話したいと思っておられることは山ほどあるでしょう。私どももお伝えしたい思いがたくさんありますが、これほど遠くなりますとそれも叶いません。

貫之の乗った船を先頭に、時文、是望の船が続いて大湊を出た。眼前に大海原が広がる。それぞれの船の水手たちが元気なかけ声を上げながら大きな波のうねりに合わせて漕ぎ進む。

小舟を出してついて来る者たち、浜辺を走ってついて来る者たちなどたくさんの人の別れを惜しむ言葉などを受けて、いよいよ一行は土佐を離れる。

やがて船は物部川から海に注ぐ流れに押されながら手結崎《ていさき》を目指して漕ぎ進む。

おやかた様は独り言のようにいまのお気持ちを次のようにお詠みになりました。

思《おも》ひやる　心《こころ》は海《うみ》を　渡《わた》れども
文《ふみ》しなければ　知《し》らずやあるらん

「お互いに相手を思う気持ちは海の上を行き来しているのだろうけれども、海の上を踏みわたって行くこともできなければ、文を手渡しすることもできない。お互いに相手がどう思っているかは知ることができないのだなあ」

かくて、宇多《うだ》の松原《まつばら》を行《ゆ》きすぐ。その松《まつ》のかず幾許《いくそばく》、幾千歳経《いくちとせへ》たりと知《し》らず。もとごとに波打《なみう》ち寄《よ》せ、枝《えだ》ごとに鶴《つる》ぞ飛《と》びかよふ。面白しと見《み》るに堪《たへ》ずして船人《ふなびと》の詠《よ》める歌、

みわたせば　まつのうれごとに　すむつるは
　　ちよのどちとぞ　おもふべらなる

とや。この歌《うた》は所《ところ》を見《み》るにえまさらず。

宇多の松原を見ながら船はゆっくりと漕ぎ進みます。その松林が、幾千年を経てその浜辺にあり続けたでしょうか。その松林に波が打ち寄せ、鶴が枝ごとに飛び交う様は絵に描いたように美しいのです。

お歌心をお感じになったおやかた様がお詠みになったお歌は、

見渡《みわた》せば　松《まつ》のうれごとに　住《す》む鶴《つる》は
　　千代《ちよ》のどちとぞ　思《おも》ふべらなる

「砂浜を見渡すと松の枝ごとに鶴が舞っています。鶴は松を千年もずっと前からの友達と思っているのでしょう」

おやかた様は、「悪い歌とは思わないが、さすがに景色の美しさには勝てないものだね」と照れて仰った。

手結崎《ていさき》に向けて浜伝いに宇多の松原を見ながら船は漕ぎ進む。

「宇多の松原」は土佐日記以外の文献には見えない地名で具体的な場所については諸説ある。土佐日記地理弁が唱える手結岬の手前の「赤岡から岸本にかけての浜辺の地」が最も穏当と言われているが、わたしは無駄のない船の航路を考えると手結岬の御殿の鼻にいたる六キロほどの浜辺が宇多の松原で、船はその浜伝いに漕ぎ進めたと思う。

かくあるを見《み》つつ漕《こ》ぎゆくまにまに、山《やま》も海《うみ》もみな暮《く》れ、夜《よ》ふけて、西東《にしひんがし》も見《み》えずして、天気《てけ》のこと楫取《かぢとり》の心《こころ》にまかせつ。男《おのこ》も慣《な》らはぬは、いとも心細《こころぼそ》し。まして、女《をんな》は

大湊から室津へ

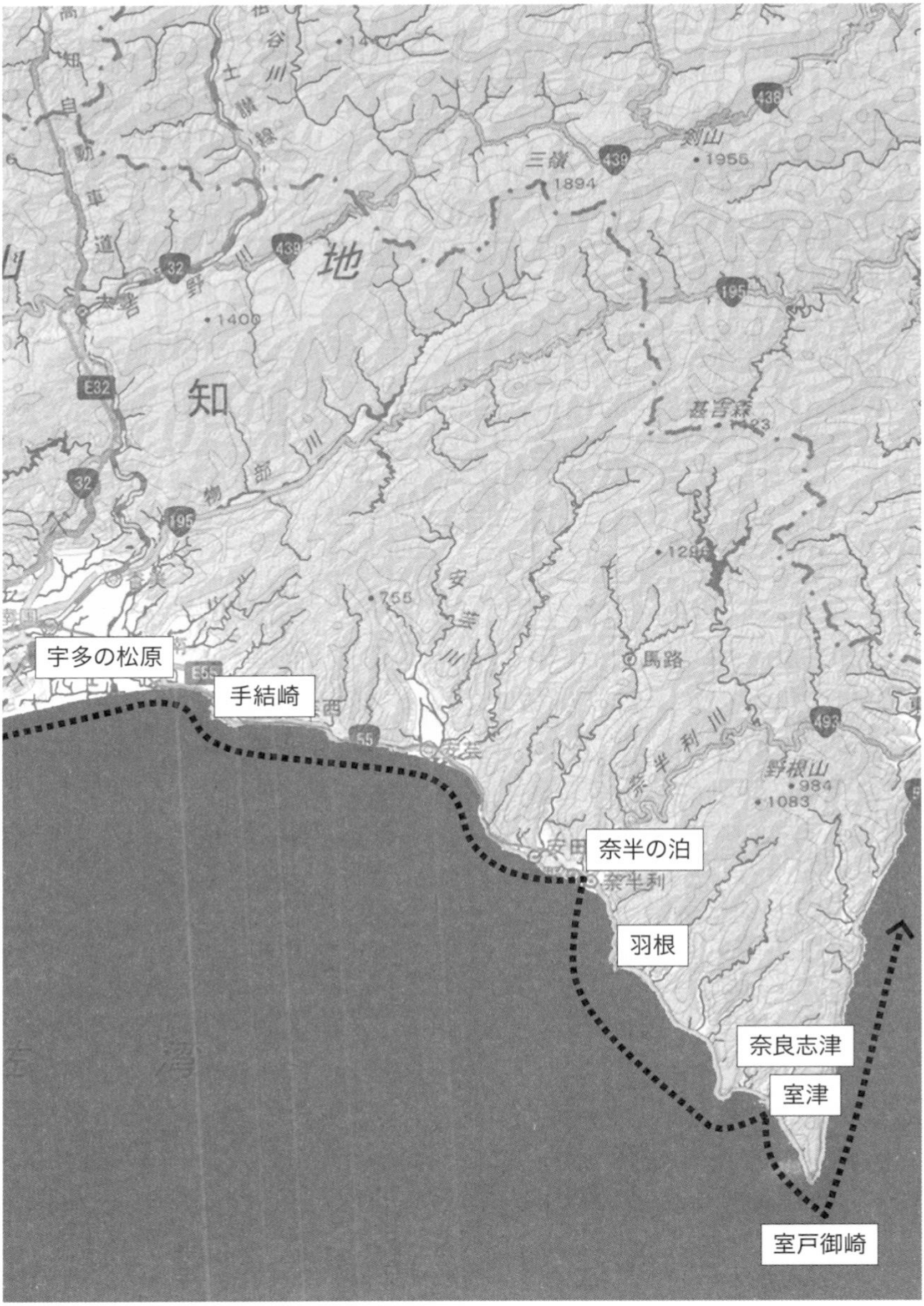

宇多の松原
手結崎
奈半の泊
羽根
奈良志津
室津
室戸御崎

船底《ふなそこ》に頭《かしら》をつきあてて音《ね》をのみぞ泣《な》く。
かく思《おも》へば、船子《ふなこ》楫取《かぢとり》は船唄《ふなうた》歌《うた》ひて何《なに》とも思《おも》へらず。
その歌《うた》ふ歌《うた》は、

はるののにてぞ　ねをばなく　わかすすきに　てきるてきる
つんだるなを　おややまぼるらん　しうとめやくふらん
かへらや

よんべのうなゐもがな　ぜにこはん　そらごとなして
おぎのりわざをして　ぜにももてこず　おのれだにこず

これならず多《おほ》かれども書《か》かず。
これらを人《ひと》の笑《わら》うを聞《き》きて、海《うみ》は荒《あ》るれども心《こころ》はすこし凪《な》ぎぬ。

浜辺の景色を見ながら、船は漕ぎ進みます。

やがて、山も海もだんだん暗くなって、とうとう西も東も分からない暗い夜になりました。天気のことは楫取に任せるしかありません。男でも心細く不安になるでしょうに、まして、女たちは恐ろしさが募ってきて船板に頭を押し付け「おいおい」と泣く始末です。それを面白がってか、冷やかすように楫取や水手たちはのんびりと流行り歌などを歌いながら漕いでいきます。

春《はる》の野《の》にてぞ　ねおば泣《な》く
　わかすすきに　手《て》切る手《て》切《き》る　摘《つ》んだる菜《な》を
　　親《おや》やまぼるらむ　しうとめや食《く》ふらん
　　　かえらや

「春の野だというのに　私は大声で泣きたいよ　若すすきに手を切られながら　摘んだ若菜を　お義父《とう》は貪《むさぼ》り食うだろうし　姑《おかあ》は当たり前のように食うのだろう、なんとねえ」

よんべのうなゐもがな　銭《ぜに》こはむ
　そらごとして　おぎのりわざをして
　　銭《ぜに》も持《も》てこず　おのれだに来《こ》ず

「夕べの娘に銭を返せと言ってやろう　うそまでついて　後で金を払うと言って物を持って行きよっただのに　今朝になって銭も持ってこず、　姿も見せない」

その他にもいろいろ変わった流行り歌を歌っています。

そのうち、船の中ではその歌の文句を面白がって笑い声も聞こえてくるようになり、荒れた海ですのに少しは心が和らぎます。

昼、手結崎の御殿の鼻をかわしたところで楫取は奈半の泊に向けて進路を変えた。

安芸平野の渚を夕日が照らすころ風が少し吹いてきた。

遠くにかすむ足摺岬にその夕日が沈もうとしている。

真っ青の空に茜色に染まった夕焼け雲が美しい。

暮れて薄暗くなりかけた安芸の山並みを背にして、夕日を眺める皆の顔だけが明るく照り映える。

やがて海上は暗闇となり黒い山蔭に沿って船は漕ぎ進む。

楫取たちは自分たちの不安を紛らわすかのように戯《ざ》れ歌をさものんびりと歌う。

当時の戯れ歌（はやり歌）を知る貴重な記録である。

かく行《ゆ》く暮《く》らして泊《とまり》にいたりて、翁人《おきなびと》ひとり専女《たうめ》ひとり、あるがなかに心地《ここち》悪《あ》しみして、物《もの》もものし給《た》はで、ひそまりぬ。

「船は夜遅くに奈半の泊に着きました。おやかた様ご夫妻はご気分が悪いと仰ってお食事もなさらずに屋形に篭ったままお顔をお見せになりません」

大湊から奈半まで直線距離にして約三七キロ、十時間ほど漕ぎ続けただろう。四国沖には黒潮が東に蛇行して流れている。奥まった土佐湾の海岸ではその黒潮の影響を受けて時には東向きに、時には西向きの海流が生じる。楫取は地元の漁師から海流の変化を聞いて船を進めただろう。

十日《とをか》　けふは、奈半《なは》の泊《とまり》にとまりぬ。

一月十日　奈半の泊

今日はこの奈半の泊に留まっています。

昨夜は遅くに着いたので、皆の疲労回復のためにか、今日は一日この奈半の泊に停泊して休息をとることになった。

奈半の泊は今の安芸郡奈半利町の奈半利川の河口にあった。「泊」とあるからにはある程度の宿泊・旅の便宜供与の設備があっただろう。

当時、土佐から京への陸路は、この奈半利から野根連山を尾根伝いに歩いて太平洋岸の野根に至り、海岸沿いに北上して阿波の国から淡路島を経由する経路があった。

しかし、当時の船による運送の発達によりかなりの量・嵩のものを運ぶ場合には、全行程を船による海路によったと思う。

十一日《とをかあまりひとひ》　あかつきに船《ふね》を出《い》だして、室津《むろつ》を追《お》ふ。人《ひと》みなまだ寝《ね》たれば、海《うみ》の有様《ありやう》もみえず。ただ月《つき》を見《み》てぞ西東《にしひんがし》をば知《し》りける。かかるあひだにみな夜《よ》あけて、手洗《てあら》ひ、例《れい》の事《こと》どもして昼《ひる》になりぬ。今《いま》し、羽根《はね》といふ所《ところ》に来《き》ぬ。幼《わか》き童《わらは》、このところの名《な》を聞《き》きて、「羽根《はね》といふ所《ところ》は、鳥《とり》の羽根《はね》のやうにやある」といふ。まだ幼《わか》き童《わらは》の言《こと》なれば、人々《ひとびと》笑《わら》ふときに、ありける女童《をんなわらは》なん、この歌《うた》を詠《よ》める。

まことにて　なにきくところ　はねならば
　　とぶがごとくに　みやこへもがな

とぞ言《い》へる。男《おとこ》も女《をんな》もいかで、とく京《きょう》へもがなと思《おも》ふ心《こころ》あれば、この歌《うた》よしとにはあらねど、げにと思《おも》ひて人々《ひとびと》忘《わす》れず

一月十一日　室津に向かう

まだ夜が明けきらぬうちに船は室津に向けて出発しました。ほとんどのお人がまだ眠っています。海の様子も定かには見えません。ただお月さまが出ていますので東西の方角はわかります。そうこうしていますうちに夜も白み始め、皆目を覚ましそれぞれ手を洗ったり、身づくろいをしたり、朝のお祈りをすませます。

お昼になりました。ちょうどそのとき羽根というところに来ました。まだ若い男の子がこの地名を聞きかじって、「羽根って鳥の羽のようだね」と言います。年端もいかないお子の言うことで皆が笑いますと、ある女のお子が次のような歌を詠みました。

まことにて　名《な》に聞《き》くところ　羽根《はね》ならば
飛《と》ぶがごとくに　都《みやこ》へもがな

「ここの地名が羽根というならば ほんとうに羽根が生えて 鳥のように飛んで京へ帰れたらいいのになあ」

男も女も皆が早く京へ帰りたいという思いは同じかして、特に上手なお歌と思われませんが、「そうそう、そうだよね」と話しあっています。

この羽根《はね》といふ所《ところ》問《と》ふ童《わらは》のついでにぞ、また昔《むかし》へ人《びと》を思《おも》ひ出《い》でて、いづれのときにか忘《わす》るる。今日《けふ》はまして母《はは》の悲《かな》しがらるることは、下《くだ》りしときの人《ひと》の数足《かずた》らねば、古《ふる》歌《うた》に、「数《かず》は足《た》らでぞ帰《かへ》るべらなる」と言《い》ふことを思《おも》ひ出《い》でて人《ひと》の詠《よ》める、

よのなかに　おもひやれども　こをこふる
おもひにまさる　おもひなきかな

と言《い》ひつつなん。

おやかた様は、羽根の意味について質問をした幼い子の無邪気さに、また、亡くなった自分の子供を思い出されたかして、いつになれば忘れることができるのだろうかとお思いのご様子です。おやかた様のお方様も今日は殊のほか悲しみが増すのでしょう。土佐に来る時と今は一人少ないことに「数は足らでぞ　帰るべらなる」という古いお歌を思い出されたかして、次のようにお詠みになりました。

世《よ》の中《なか》に　思《おも》ひやれども　子《こ》を恋《こ》ふる
思《おも》ひにまさる　思《おも》ひなきかな

「生きていて思うことはたくさんありますが わが子がかわいいという思いに勝る思いはありません」

「思う」を三回も重ねることによって、わが子を失った悲しみの大きさを歌に込めている。

古今集巻九に旅先で夫を亡くした女が京への帰り道で雁の鳴き声を聞いて詠んだ歌が載っている。

北《きた》へ行《ゆ》く　雁《かり》ぞ鳴《な》くなる　連《つ》れて来《こ》し
数《かず》は足《た》らでぞ　帰《かへ》るべらなる

「北へ帰る雁が悲しげに啼いている連れてきた時よりも数が足りないままに帰ることが悲しいのだろう」

奈半の泊から羽根の岬まで約六キロメートル、朝の暗いうちに奈半を出て昼に羽根というところに来たとあるが、漕いで二時間ほどのところを六時間以上かかっている。潮目が逆だっただろうか。あるいは貫之の記憶違いか。

羽根の岬から段丘状の山々がはるか先の行当岬《ぎょうどざき》まで幾重にも連なっている。三艘の船は時には声を掛け合って漕いで行く。

やがて、船は行当岬を回り込むと進む先に室戸岬が鮮やかに見えた。

貫之の乗った船は室津に入ったが、他の二艘は室津の少し手前の奈良志津《ならしず》に入った。

羽根岬からから室津までおおよそ十四キロメートル、ここでは追い潮で明るいうちに室津に入っただろう。

第四章　室津にて

十二日《とをかあまりふつか》　雨降《あめふ》らず。ふむとき、これもちが船《ふね》の遅《おく》れたりし、奈良志津《ならしづ》より室津《むろつ》に来《き》ぬ。

一月十二日　室津

雨が降りそうな雲行きです。遅れていた時文様と是望様のお船が奈良志津から当地室津にお着きになりました。

時文と是望の船が奈良志津に寄ったのは、土佐での最後の荷物となる亀甲を調達するためだった。

ウミガメの甲羅を焼いて吉凶を占う亀甲は土佐に課せられた京への貢納品である。

奈良志津の西方、岩戸、奈良師の海岸はウミガメの生育地等保護区に指定されていて、「アカウミガメが夜間に上陸し、産卵します」という立て看板が立っている。

十三日《とをかあまりみか》のあかつきに、いささかに雨降《あめふ》る。しばしありて止《や》みぬ。女《をんな》これかれ、浴《ゆあみ》などせんとてあたりのよろしき所《ところ》に下《お》りてゆく。海《うみ》を見《み》やれば、

くももみな　なみとぞみゆる　あまもがな
　いづれがうみと　とひてしるべく

となん歌詠《うたよ》める。さて、十日《とうか》あまりなれば月《つき》おもしろし。船《ふね》に乗《の》りはじめし日《ひ》より、船《ふね》には紅《くれない》濃《こ》くよき衣《きぬ》着《き》ず。それは「海《うみ》の神《かみ》に怖《お》ぢて」と言《い》ひて。なにの葦影《あしかげ》にことづけて、老海鼠《ほや》の交《つま》の貽貝鮨《いずし》、鮨鮑《すしあわび》をぞ、心《こころ》にもあらぬ脛《はぎ》にあげて見《み》せける。

一月十三日　室津

明け方に少しばかり雨が降りましたがしばらくしてやみました。女、お子たちが水浴びをしようと、それにふさわしい場所を求めて船を降りていきます。おやかた様は、月に照らされる海の景色を見て、お歌心が湧いてでしょう次のように詠

まれました。

雲《くも》もみな　波《なみ》とぞ見《み》ゆる　海女《あま》もがな
　いずれか海《うみ》と　問《と》ひて知《し》るべく

「遠くの雲がみんな波のように見える 漁師がおればどこからどこまでが海なのか　尋ねて知りたいものだ」

きょうは十三夜、月の明かりが海、山を照らし出していて神々しいほどに照り輝いています。

船に乗り始めた日からお船では紅色の濃いお着物は着ません。海の神様はあでやかな色を好むと聞いていますから、気に入られて興奮されてはなりませんから触らぬ神にたたりなしということです。それでも、殿御や女、お子は少しばかりの葦に身を隠して水浴びをします。ついでとばかり、海の神様に旅のお加護をお願いするつもりでしょうか、裾をめくりあげて男はほやのつまのいずしを、女はすしあわびを月に見せてははしゃいでいます。

「ほやのつまのいずし」は男根のことであり、「すしのあわび」は女陰のことである。女が口にすべき、あるいは書くべき言葉ではなく、土佐日記の作者が女ではなく男の貫之の作であることの顕著な証拠が今日の記述にあるとされている。

十四日《とをかあまりよか》　あかつきより雨降《あめふ》れば、同《おな》じ所《ところ》に泊《とま》れり。船君《ふなぎみ》、節忌《せちみ》す。精進物《さうじもの》なければ、午刻《むまとき》よりのちに、楫取《かぢとり》の昨日《きのふ》釣りたりし鯛《たひ》に、銭《ぜに》なければ米《よね》をとりかけて、おちられぬ。
かかることなほありぬ。楫取《かぢとり》、また鯛《たひ》持《も》てきたり、米《よね》、酒《さけ》、しばしば与《く》る。楫取気色《かぢとりけしき》悪《あ》しからず。

一月十四日　室津
明け方から雨が降っています。同じ室津に泊っています。
今日は精進潔斎の日ですから、おやかた様はなま物をお召し上がりになりません。そうかといって、いつものように精進用のお料理があるわけではありません。お昼には楫取が昨日釣ったという鯛の魚を、おやかた様はお金をお持ちではないためにお米と交換されて、早々と精進落ちをなされたのでした。

楫取は味をしめたか、その後も鯛などを持ってきてお米やお酒と交換することがあります。そのようなときの楫取は上機嫌です。

どっという歓声に貫之は屋形の御簾を上げて見ると、楫取が今朝釣ったという鯛を魚籠《びく》から持ち上げて「お上どうです?」と言った。どうですといわれても「くれるというのか」とも言えずにいると、楫取はにやりと笑った。貫之は「代わりに米をくれてやれ」と従者に命じた。貫之は深い海にいるという鯛を釣り上げた楫取たちの腕前に驚きはしたが、精進潔斎のことも忘れてすぐ調理を命じた。

十五日《とをかあまりいつか》　今日《けふ》、あづきがゆ煮《に》ず。口惜《くちを》しく、なほ日《ひ》の悪《あ》しければ、ゐざるほどにぞ。今日《けふ》、二十日《はつか》あまり経《へ》ぬる。いたづらに日《ひ》を経《ふ》れば、人々海《ひとびとうみ》をながめつつぞある。
女《め》の童《わらは》の言《い》へる、

たてばたつ　ゐればまたゐる　ふくかぜと
なみとはおもふ　どちにやあるらむ
いふ甲斐《かひ》なき者《もの》の言《い》へるには、いと似《に》つかはし。

一月十五日　室津

今日はお正月の十五日で一年の邪気を払うという小豆粥《あづきがゆ》をいただく日ですが、そのようなものはこの船にはありません。そのうえ、天候が悪いためにいざるほどにしか船旅は進まず、今日でもう二十日あまりが経ちました。いたずらに日が経ち、じれったく思っているのは皆も同じようで、ただただ海を眺めて過ごすだけです。ある女のお子が次のように詠みました。

立《た》てば立《た》つ　ゐればまたゐる　吹《ふ》く風《かぜ》と
波《なみ》とは思《おも》う　どちにやあらむ

「波が立てば風が立つ　風がおさまれば波もおさまる　吹く風と波は　仲のよい友達のようです」

幼い子らしく詠めたものです。

貫之は五年前の土佐に来る時の道中のつらさとは違うつらさを感じている。駕籠と馬と自分の足で疲れはともかくとして、陸路では一歩一歩目的の土佐に近づく実感が持てた旅だったのに、風頼りの船旅では何日も同じところで何することもなく時を過ごし、ただひたすら波風のおさまるのを待つしかない。

十六日《とをかあまりむゆか》　風波《かぜなみ》やまねば、なほ同《おな》じ所《ところ》に泊《とま》れり。ただ、海《うみ》に波《なみ》なくして、いつしか御崎《みさき》といふところ渡《わた》らんとのみなん思《おも》ふ。風波《かぜなみ》、とにに止《や》むべくもあらず。ある人のこの波《なみ》たつをみて詠《よ》める歌《うた》、

しもだにも　おかぬかたぞと　いふなれど
　なみのなかには　ゆきぞふりける

さて、船《ふね》に乗《の》りし日《ひ》より今日《けふ》までに、二十日余五日《はつかあまりいつか》になりにけり。

一月十六日　室津

風と波がいよいよ強くなりますので、なお、同じところに泊っています。ただただ、風と波がおさまって早く室戸御崎というところを渡り過ぎたいと思うばかりです。

その思いはむなしく風も波もすぐにはおさまりそうにもありません。

おやかた様はこの波風の立つ様子をご覧になって次のように詠まれました。

霜《しも》だにも　置《お》かぬかたぞと　いふなれど
波《なみ》の中《なか》には　雪《ゆき》ぞ降《ふ》りける

「霜などない南国だというのに　波の中に　雪が降っている」

沖合から打ち寄せる白波を雪に見立てて詠んだ貫之は最初の五七五を、唐の詩人白楽天（白居易）が年を取って白髪になったことを嘆いたときの歌から引用している。貫之は白髪になった自分を思い、人生の悲哀を感じて歌に詠んだ。

船に乗った日から数えて今日でもう二十五日になりました。

山にさえぎられて室戸の御崎は見えない。この室津は室戸半島の山あいを流れて土佐湾にそそぐ室津川の河口にあり格好の船溜まりとなっている。京へ向かう貫之の船のほかに土佐に向かう船が数隻風待ちをしている。

十七日《とをかあまりなぬか》 曇《くも》れる雲《くも》なくなりて、暁月夜《あかつきづくよ》いとおもしろければ船《ふね》を出《い》だして漕《こ》ぎ行《ゆ》く。このあひだに、雲《くも》の上《うへ》も海《うみ》の底《そこ》も、同《おな》じごとくになんありける。宜《むべ》も昔《むかし》の男《おとこ》は、「棹《さを》はうがつ　波上《なみのうへ》の月《つき》を船《ふね》はおそふ　海《うみ》のうちの空《そら》を」とは言《い》ひけん。聞《き》きざれに聞《き》けるなり。また、ある人《ひと》の詠《よ》める歌《うた》、

みなそこの　つきのうへより　こぐふねの
さをにさはるは　かつらなるらし

これを聞《き》きて、ある人《ひと》のまた詠《よ》める。

かげみれば　なみのそこなる　ひさかたの
そらこぎわたる　われぞわびしき

一月十七日　室津

昨日まで空を覆っていた雲もなく、それでもまだ暗い夜空に浮かぶ月があたりを美しく照らしていますので、日の出を待たずに船を出して静かな海を漕いで行きます。行く先を見ますと雲の上か海原かその境が定かではありません。このような風景が昔にもあったのでしょう。おやかた様は唐の詩人が詠んだという歌をもじって、「棹《さを》はうがつ　波《なみ》の上《うへ》の月《つき》を　船《ふね》はおそふ　海《うみ》のうちの空《そら》を」（棹が波の上に写る月を突き刺して　船は波の底に広がる空を漕ぎ渡ります）と面白半分にお話をなさっておられます。

貫之は、唐の詩人賈島の歌から「波の底の月」を「波の上の月」に、「水中の天」を「海のうちの空」に置きかえて披露している。

おやかた様は、また次のお歌を詠まれました。

みなそこの　月《つき》の上《うえ》より　漕《こ》ぐ船《ふね》の

棹《さを》にさはるは　桂《かつら》なるらし

「波の下に見える月の上を漕ぎ進むこの船の棹にさわるのは、月に生えているという桂なのだろう」

この歌を聞いてある人がまた詠まれました。

影見《かげみ》れば　波《なみ》の底《そこ》なる　ひさかたの

空漕《そらこ》ぎ渡《わた》る　我《われ》ぞわびしき

「波の下に見える月の上を漕いで行く船影を見ていますと、わたしは広大な大空を漕ぎわたっているようです。その景色の雄大さに比べて小さな存在でしかない私は、生きて今あることのわびしさをひとしお感じます」

貫之は、中国の「月に桂が生えている」という古い伝説を踏まえて歌を詠み、大海原の彼方に白く照り映える月を見て、大宇宙を漕ぎ渡っている自分を思い描いている。

かくいふあいだに、夜《よ》やうやく明《あ》けゆくに、楫取《かぢとり》ら、「黒《くろ》き雲《くも》にはかに出《い》できぬ。風《かぜ》吹《ふ》き《き》ぬべし。御船返《みふねかへ》してん」と言《い》ひて、船帰《ふねか》へる。このあひだに雨降《あめふ》りぬ。いとわびし。

ようやく夜が明けてきました。ところがどうしたことでしょう。楫取は「黒い雲がにわかに出てきました。風が吹いてきます。元の泊りに戻ります」と言って船を室津の泊に戻してしまったのです。そのうち雨が降り出していっそうわびしい気持ちになります。

もう少しで室戸御崎にかかるかというあたりで天候は急変し、空模様が薄暗くなってきた。楫取は室戸御崎をかわすことの難しさを知っていて急きょ船をもとの室津に戻してしまった。この日から二十日まで海は荒れに荒れた。もし戻らずに先を急いでいたら遭難していただろう。楫取の判断は正しかった。

十八日《とをかあまりやうか》　なほ同《おな》じ所《ところ》にあり。海《うみ》あらければ船出《ふねい》ださず。この泊《とまり》、遠《とほ》く見《み》れども、近《ちか》く見《み》れどもいとおもしろし。かかれども苦《くる》しければ、なにごともおもほえず。男《おとこ》どちは心《こころ》やりにやあらん。漢詩《からうた》などいふべし。船《ふね》も出《い》ださで徒《いたづ》らなれば、ある人《ひと》の詠《よ》める、

いそふりの　よするいそには　としつきを
　　いつともわかぬ　ゆきのみぞふる

この歌《うた》は、常《つね》にせぬ人《ひと》の言《こと》なり。また、人《ひと》の詠《よ》める、

かぜによる　なみのいそには　うぐひすも
　　はるもえしらぬ　はなのみぞさく

一月十八日　室津

今日も昨日と同じところです。海が荒れて船を出すことができません。

この泊りから遠くを見ても近くを見てもほんとうに美しい景色が気持ちを和らげてくれ

ます。そうはいっても、いっこうに船旅が進まないので何をする気持ちにもなりません。殿御の皆さまは気を紛らそうと漢詩などを吟じています。お暇を持て余しているお人たちのなかのあるお人が、お詠みになりました。

いそふりの　寄する磯には　年月を
　　いつとも分《わ》かぬ　雪《ゆき》のみぞ降《ふ》る

「白波がたえず打ち寄せる浜辺には、季節が変わろうが一年中白い雪が降りそそぎます」

このお歌は、詠い慣れないお人がお詠みになったようなお歌です。

また別のお人も次のようにお詠みになりました。

風《かぜ》に寄《よ》る　波《なみ》の磯《いそ》には　うぐいすも
　　春《はる》もえ知《し》らぬ　花《はな》のみぞ咲《さ》く

「風で波しぶきが打ち寄せる浜辺には、鶯も春も知らない、ただ白いだけの波の花が咲いていています」

この歌《うた》どもをすこしよろしと聞《き》きて、船《ふね》の長《おさ》しける翁《おきな》、月日頃《つきひごろ》の苦《くる》しき心《こころ》やりに詠《よ》める、

たつなみを　ゆきかはなかと　ふくかぜぞ
　よせつつひとを　はかるべらなる

この歌は少しよいようだねという声に、船主でもある年寄りのおやかた様が毎日の息苦しい船内の空気を和らげようと次のように詠まれました。

立《た》つ波《なみ》を　雪《ゆき》か花《はな》かと　吹《ふ》く風《かぜ》ぞ
　寄《よ》せつつ人《ひと》を　はかるべらなる

「風に沸き立つ白波が雪のように見えたり、花のように見えたりするのは、沖から吹く風が磯に打ち寄せる白い波を見間違うからでしょう」

最初の歌は「雪のみぞ降る」、二つ目の歌は「花のみぞ咲く」と、磯で砕け散る白波を別なことばでやり取りをする「歌合せ」になっている。

「歌合せ」は二手に分かれてそれぞれが一首づつ歌を詠み、その優劣を「判者」が判定する文学的遊戯である。三つ目の歌がその判者、即ち貫之の歌で、「それは私たちの錯覚でしかない」と実もふたもない判定の歌を詠ってしまった。

この歌《うた》どもを、人《ひと》のなにかと言《い》ふを、ある人聞《ひとき》きふけりて詠《よ》めり。その歌《うた》、詠《よ》める文字《もじ》、三十文字余七文字《みそもじあまりななもじ》。人《ひと》みな、えあらで笑《わら》ふやうなり。歌主《うたぬし》、いと気色悪《けしきあ》しくて怨《ゑ》ず。学《まな》べども、え学《まね》ばず。書《か》けりとも、え詠《よ》みすゑがたかるべし。今日《けふ》だに言《い》いがたし。まして後《のち》にはいかならん。

これらの歌を皆が何かと批評しあっているのを聞いて、ある人がご自分もとお歌をお詠みになったのですが、そのお歌の文字が三十七文字になります。人はそれを面白がって笑います。その歌をお詠みになったお人は皆に笑われて機嫌を悪くしてしまっています。少しはお歌を学んだからといって、人様に聞いていただくようには詠めません。ましてそれを文字で書いてみてもお歌を詠うように詠めません。お聞きした今でさえもう一度詠むことは難しいことでしょう。まして日が経てば余計です。

「土佐日記」には和歌を評論するような記述が多いことから、初心者向けの和歌入門書ではないかという説がある。

そういえば、稚拙な歌や上手と思える歌、故事から借用した言葉を織り込んだ歌なども掲載されていて歌作りのお手本のようでもある。

中国の故事や古今集などにある歌から気に入った表現を借用することが当時の歌作りの常だったのであろうが、貫之は自分の博学をひけらかしているようにも思える。

十九日《とをかあまりここぬか》　日悪《ひあ》しければ、船出《ふねい》ださず。

一月十九日　室津

今日は日が悪く船を出すことができません。

廿日《はつか》　昨日《きのふ》のやうなれど、船出《ふねい》ださず。皆人々《みなひとびと》うれへ嘆《なげ》く。苦《くる》しく心《こころ》もとなければ、ただ日《ひ》の経《へ》ぬる数《かず》を、けふ幾日《いくか》、二十日《はつか》、三十日《みそか》と数《かぞ》ふれば、指《ゆび》もそこなはれぬべし。いとわびし、夜《よ》はいも寝《ね》ず。二十日《はつか》の夜《よ》の月出《つきい》でにけり。山《やま》の端《は》もなくて、海《うみ》の中《なか》よりぞ出《い》でくる。かうやうなるを見《み》てや、昔《むかし》、阿倍仲麿《あべのなかまろ》と言《い》ひける人《ひと》は、唐《もろこし》に渡《わた》りて帰《かへ》り来《き》けるときに、船《ふね》に乗《の》るべき所《ところ》にて、かの国人《くにひと》の餞《むまのはなむけ》し別《わか》れ惜《を》しみて、かしこの漢詩《からうた》つくりなどしける。飽《あ》かずやありけん。二十日《はつか》の夜《よ》の月出《つきい》でるまでぞありける。その月《つき》は海《うみ》よりぞ出《い》でける。これを見《み》てぞ、仲麿《なかまろ》の主《ぬし》、「わが国《くに》にかかる歌《うた》をなん、神代《かみよ》より神《かみ》も詠《よ》むたび、いまは上中下《かみなかしも》の人《ひと》も、かうやうに別《わか》れ惜《を》しみ、喜《よろこ》びもあり悲《かな》しびもあるときには詠《よ》む」とて、詠《よ》めりける歌《うた》、

あをうなばら　ふりさけみれば　かすがなる
みかさのやまに　いでしつきかも

とぞ詠《よ》めりける。

一月二十日　室津

昨日と同じように海は荒れて船を出すことができません。みなさんため息をついていています。じれったくて気持ちがなかなか落ち着かず、今日は何日とか、今日で何日経ったとか、二十日だとか、いや三十日だとか指折り数えていますと指が疲れてしまいます。大変にわびしいことで、夜もよく眠れません。

今宵は二十日の夜の月（宵やみ月）が出ました。ここでは山の端からではなく海の中から出てきます。おやかたさまは海の上に照る月を見て思い出されたのでしょうか。次のようなお話をなさいました。

むかし、阿倍仲麻呂というお人が唐に行かれて、いざ帰国というときに、その国で親しくなった人々が船に乗るところまでお見送りに来られて、お互いに歌などを吟じたり、お名残を惜しまれてのことでしょうか、二十日の月が出るまでご歓談されたそうです。そして、月は海の中から出ました。仲麻呂さまは、「日本ではお歌は古くから神様もお詠みになるものとされていましたが、今では身分の上下にかかわらず、別れのときや、喜びのときや、悲しいときにも歌を詠むのです。」といって次のお歌を詠まれたそうです。

青海原《あをうなばら》　ふりさけ見《み》れば　春日《かすが》なる
三笠《みかさ》の山《やま》に　出《い》でし月《つき》かも

「夜空の下に青い海が広がっています　振り返ってみますと　故郷の春日の三笠山にさし上った月と同じ月がそこにあります」

かの国人《くにびと》、聞《き》き知《し》るまじくおもほえたれども、事《こと》の心《こころ》を、男文字《おとこもじ》に様《さま》を書《か》き出《い》だして、ここの言葉伝《ことばつた》へる人《ひと》に言《い》ひ知《し》らせければ、心《こころ》をや聞《き》きえたりけん、いと思《おも》ひのほかになん愛《め》でける。唐《もろこし》とこの国《くに》とは、言異《ことこと》なるものなれど、月《つき》の影《かげ》は同《おな》じことなるべければ、人《ひと》の心《こころ》も同《おな》じことにやあらん。さていま、当時《そのかみ》を思《おも》ひやりてある人《ひと》の詠《よ》める歌《うた》、

みやこにて　やまのはにみし　つきなれど
なみよりいでて　なみにこそ入《い》れ

唐の国の人は意味が分からないようでしたので、歌の意味を漢字で書いて説明されたところ、分かっていただけたようで思いのほかに感心されたということでした。唐とわが国では言葉が違っても見る月は同じですから人の心に映る思いも同じなのでしょう。おやかた様は、そのときの情景を想像されて次のように詠まれました。

都《みやこ》にて　山《やま》の端《は》に見《み》し　月《つき》なれど
波《なみ》より出《い》でて　波《なみ》にこそ入《い》れ

「京の都では山の端から月が上がってきますのに、この地では波の向こうから上がってきて、波の向こうに沈んでいきます」

阿倍仲麻呂は役人まで昇進し、時の玄宗皇帝に重用されて簡単には帰国させてもらえなかった。何度目かの帰国要請がかなえられてその帰国の船に乗る湊で詠んだ歌が有名な、次の歌である。

天《あま》の原《はら》　振《ふ》りさけ見《み》れば　春日《かすが》なる　三笠《みかさ》の山《やま》に　出《い》でし月《つき》かも

「天の原」を、貫之がいま目の前に見ている「青海原」に置きかえて即興的に「場」に合わせて詠み替えたのである。この室津では月の出る東は山が迫っていて「波より出でて」はあり得ないことである。ただ単に歌を詠むだけでなく、いろいろな試みを土佐日記に取り入れて歌を披露している。

阿倍仲麻呂は郷愁の思いにもかかわらず、乗船した船は今のベトナム方面に漂流して結局日本には帰ることが叶わず、玄宗皇帝の元に戻って唐で亡くなっている。

第五章　室津から土佐の泊まで

廿一日《はつかあまりひとひ》　卯《う》のときばかりに船出《ふねい》だす。皆人々《みなひとびと》の船出《ふねい》づ。これを見《み》れば、春《はる》の海《うみ》に、秋《あき》の木《こ》の葉《は》しも散《ち》れるやうにぞありける。おぼろけの願《ぐわん》によりてにやあらん。風《かぜ》も吹《ふ》かずよき日出《ひい》できて漕《こ》ぎゆく。このあひだに使《つか》はれんとてつきてくる童《わらは》あり。それが歌《うた》ふ舟唄《ふなうた》、

なほこそくにの　かたはみやらるれ
わがちちはは　ありとしおもへば　かへらや

と歌《うた》ふぞあはれなる。

一月二十一日、室津から野根へ

卯の時（午前六時）に船は室津を出ました。この日を待っていたかのようにほかの船も一斉に泊を出て行きます。その様子は春の日の海だというのに秋の海に木の葉が水面に散るように見えます。

真剣にお祈りをした甲斐があったということでしょうか。風もなく、南国の陽光を浴びて船は漕ぎ進みます。

十二日から二十日まで九日間も室津に足止めを余儀なくされたが「明朝早くに船を出します」と昨夜楫取から聞いていた。

停泊していた船が一斉に室津を出ていく。土佐へ向かう船、貫之一行と同じ方角へ向かう船と、鄙《ひな》びた寒村の海岸にひととき水手たちの掛け声が響きあった。

低気圧が去って高気圧におおわれた今日は風もなく、穏やかな日差しのなか、のんびりと船は進む。

京で使ってもらおうと一行についてきた男のお子が舟唄を歌います。

室津から土佐の泊へ（1）

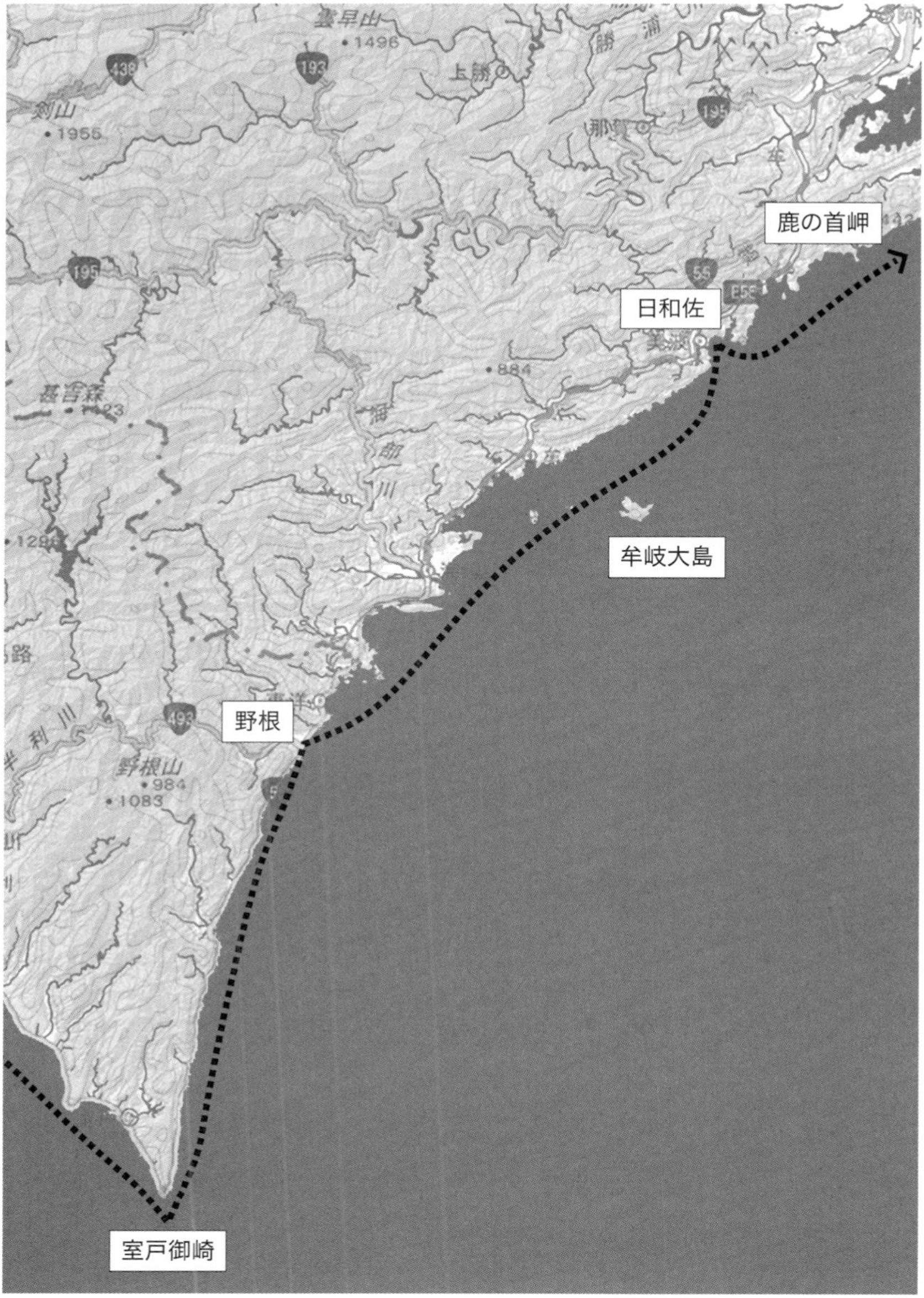

なほこそ故郷《くに》の　かたは見《み》やらるれ
　わが父母《ちちはは》　ありとし思《おも》へば　かへらや

「覚悟して故郷を出てきたとはいえ、これが見納めかと思うと、故郷の山々の方に目が行ってしまう。ましてあの山の向こうに父や母がおられると思うと、いつまでも見ていたい」

哀調のこもった声が涙を誘います。

室戸御崎に近づくにつれて、土佐の国もこれで見納めになるかとの思いは同じのようで、みな黙り込んで過ぎ越し山並みを振り返り見続ける。

そのとき、少年が口ずさむ船唄が、皆の哀愁をよけいに誘うようで、貫之はその場に似つかわしいと思うのだった。

かく歌《うた》ふを聞《き》きつつ漕《こ》ぎ来《く》るに、黒鳥《くろとり》といふ鳥《とり》、岩《いは》の上《うへ》に集《あつ》まりをり。その岩《いは》のもとに波白《なみしろ》く打《う》ち寄《よ》す。楫取《かぢとり》のいふやう、「黒鳥《くろとり》のもとに、白《しろ》き波《なみ》を寄《よ》す」とぞ言《い》ふ。この言葉《ことば》、何《なに》とにはなけれども、もの言《い》ふやうにぞ聞《きこ》えたる。人《ひと》のほどにはあはねば、咎《とが》むるなり。

このような唄を聞きながら船は漕ぎ進みますうちに、黒鵜が岩の上に集まっているところに来ました。その岩に波が打ち寄せ白く砕け散っています。楫取は、「黒鳥のもとに、白い波が寄せる」と言います。この言葉はなんということもなく言ったのでしょうが、何か気が利いた風に聞こえます。たかが楫取の言った言葉遣いですが気になります。

二時間ほど漕いで船は室戸御崎にかかる。沖から寄せる波は岩を撫でるように洗う。その波音が間近に聞こえる。岩礁から目を上に転じると、不気味に御崎の山肌がそそり立っている。百年ほど前に空海が開いたという最御崎寺《ほつみさきじ》がこのすぐ上にあるというが見えるはずもなく、そのほうに向かって皆が手を合わせて祈る。この航海の最大の難所と聞いていていて大きな不安を持っていた室戸御崎を、物見遊山の気分で回り込むことができ、貫之は京へ一歩近づいたことを感じた。

春うらら、貫之は眠気に誘われるようなのんびりした気分で、主屋形の御簾を上げて御崎を眺めている。

かく言《い》ひつつ行《ゆ》くに、船君《ふなぎみ》なる人《ひと》、波《なみ》を見《み》て国《くに》よりはじめて、海賊報《かいぞくむきひ》せんといふなることを思《おも》ふうへに、海《うみ》のまた恐《おそ》ろしければ、頭《かしら》もみな白《しら》けぬ。七十八十《ななそぢやそぢ》は、海《うみ》にあるものなりけり。

わがかみの　ゆきといそべの　しらなみと
いづれまされり　おきつしまもり

楫取《かじとり》、言《い》へ。

漕ぎゆくままに、おやかた様は波を見て、国府を出発するときに海賊の報復があるかもしれないと不安を感じていたことを思い出されたのでしょうか、そのうえ海もまた恐ろしいことから「頭髪が白くなって七十、八十と老け込むのには海にその理由があったのか」

とつぶやきながら、次のように詠まれました。

わが髪《かみ》の　雪《ゆき》と磯《いそ》べの　白波《しらなみ》と
いずれまされり　沖《おき》つ島守

「私の髪の毛の白さと　雪の白さと　磯に打ち寄せる波の白さと　どちらの白が優っているか　楫取りよ」

楫取りよ、応えろ。

岩礁の御崎を交わしたところで楫取は水手たちに進路を北に向けるように指図をし、船はゆっくりと北へ向きを変えた。

楫取は艫《とも》屋形で梶棒を握って四海を睥睨《へいげい》するかのようにどっかと座って水手たちに号令をかける。貫之はその姿を見て頼もしいと思う。しかし、頭越しの楫取の声は貫之の気位を押さえつけるように聞こえる。その上、いつもの慇懃無礼《いんぎんぶれい》な態度を合わせ考えると、貫之は「いやな奴。住む世界が違う」と思う。しかし、海や船のことになると楫取の言いなりになるしかないことがなんとしても腹立たしいのであった。沖津島守に対する問いのような歌を詠んで、貫之は「楫取答えてみろ」と言ってては見たが、案の定知らん顔をされてしまった。

船は室戸の東岸をつかず離れずの距離を保って漕ぎ進んだ。断崖絶壁がどこまでも続く。波の大きなうねりにあわせて船は漕ぎ進む。そして室津の泊を出て三十七キロメートル、十二時間かけて野根の河口に船を停めた。

この地には番所があり、その近くには番所を預かる家族が住む粗末な家が街道沿いに建っている。船から下りた者たちは、久しぶりに足を伸ばすことができると喜び合っている。

廿二日《はつかあまりふつか》　昨宵《よんべ》の泊《とまり》より他泊《ことどまり》を追《お》ひて行《ゆ》く。はるかに山見《やまみ》ゆ。とし九《ここの》つばかりなる男《を》の童《わらは》、齢《とし》よりは幼《をさな》くぞある。この童《わらは》、船《ふね》を漕《こ》ぐまにまに山《やま》も行《ゆ》くと見《み》ゆるを見《み》て、あやしきこと、歌《うた》をぞ詠《よ》める。その歌《うた》、

こぎてゆく　ふねにてみれば　あしひきの
やまさへゆくを　まつはしらずや

とぞ言《い》へる。幼《おさな》き童《わらは》の言《こと》にては似《に》つかはし。

今日《けふ》、海荒《うみあ》らげにて、磯《いそ》に雪降《ゆきふ》り、波《なみ》の花咲《はなさ》けり。ある人《ひと》の詠《よ》める、

なみとのみ　ひとつにきけど　いろみれば
ゆきとはなとに　まがひけるかな

一月二十二日　野根から日和佐へ
きのうの泊りから次の泊りに向けて船は行きます。遠くに山が見えます。九才にしては幼く見える男の子が、船が漕ぎ進むにつれて山もついて来るように見えることを不思議がって、歌を詠んだのでした。
その歌は、

漕《こ》ぎて行《ゆ》く　船《ふね》にて見《み》れば　あしひきの
山《やま》さへ行《ゆ》くを　松《まつ》は知《し》らずや

「漕ぎ進む船の上から見ていますと　船の進みに合わせて山も前に進んでいきます。このことをその山の松は知っているのだろうか」

幼いお子に似つかわしい歌です。

今日の海は荒れていて磯は雪が降っているように波が白く砕けてあたかも花が咲き散っているようです。

おやかた様は早速次のように詠まれました。

波《なみ》とのみ　一《ひと》つに聞《き》けど　色見《いろみ》れば
雪《ゆき》と花《はな》とに　まがひけるかな

「耳では波の音は一つに聞こえて聞き間違うことはありませんが、目を開けて白波を見ますと白い雪に見えたり白い花に見えたり見間違うことです」


野根を出て、天気は快晴、甲浦の美しい島々を見ながら船は北上する。土佐と阿波との国境「土佐ざかい」は見上げるような絶壁が続き岩礁に波が崩れる海岸線が延々と続く。

狭い船の中の生活も少しは慣れたようで、歌を詠み合う余裕も出てきた。

船は陸地と牟岐《むぎ》大島の間を抜ける。

昼をすぎて風は少し強まり大きな波のうねりが岩礁に打ち砕かれて、その波音が身近に聞こえ何ともいえない威圧感が襲ってくる。

水手たちは波のうねりに合わせて上手に船を漕ぎ操る。
楫取は夕方近くになって日和佐の河口の波風がないところに船を舫った。野根から三十七キロ、約十二時間漕いで暗くなる前に着いた。

廿三日《はつかあまりみか》 日照《ひて》りて曇《くも》りぬ。このわたり、海賊《かいぞく》の恐《おそ》りありといへば、神仏《かみほとけ》を祈《いの》る

一月二十三日　日和佐
日はときどき照るのですが曇り空です。この辺りは海賊に襲われることがあるところと聞いています。神や仏に無事を祈るしかありません。

海賊・盗賊の記録は、貫之の時代の二百年前の天平二年（七三〇年）にさかのぼる。
朝廷の海上取締りにかかわらず、それによって鎮静化するどころか、貫之の時代には事態はもっと悪化していた。まさに貫之が土佐を離れる前の年に隣国の伊予国で国米三千余石が海賊に奪われている。

土佐の守として海賊追捕の朝廷の命令を受けて行動したことが、海賊の恨みを買い報復される不安が貫之にはあった。その海賊が出没するかも知れない海域にいる。

廿四日《はつかあまりよか》　昨日《きのふ》の同《おな》じ所《ところ》なり。

一月二十四日　日和佐
昨日と同じところです。

風が強く波が荒いうえに船は大量の積荷でずっしりと重く、波風の穏やかな日をじっと待つしかない。
当時、諸国から京へ納入される調庸物資の輸送について、遠国の土佐の場合は海路で二十五日とされていた。
土佐の国府を出て京の淀までの距離の半ばにも至らない当地まで三十三日もかかっている。
今回の帰京の旅は調庸物資の輸送の定めに縛られないことから、貫之一行は今日まで安全確実に船を漕ぎ進めたことがわかる。

廿五日《はつかあまりいつか》　楫取《かじとり》らの、「北風悪《きたかぜあ》し」と言《い》へば、船出《ふねい》ださず。海賊追《かいぞくお》ひ来《く》といふこと、絶《た》えず聞《きこ》ゆ。

一月二十五日　日和佐
楫取たちは、「北風が強すぎる」といって、船を出しません。「海賊が追って来ている」と村人たちがうわさしています。

貫之一行が乗った船がどのような船であったのか想定することは難しい。当時の船に関する資料が乏しいからである。六三〇年から八三八年に至る約二百年間に唐（中国）へ十八回の遣唐使派遣のために大型船を毎回建造したにもかかわらず、その大きさや構造を伝える記録がない。

十世紀初頭に筑紫に流された菅原道真の乗船画が「北野天神縁起絵巻」に描かれている。全長が七十尺、巾六尺程度の船で当時の旅客船の実例の参考になるとしてある土佐日記の挿絵にもなっている。
それは笹の葉のような細長い船体で、河川の航行ができてもうねりのある外洋で漕ぎ進めることはできない。後期の遣唐使船は長さ三十メートル、幅八メートル程度の幅の広い船だったと想定されている。このことから、私は貫之の乗った船は柿の葉のように幅の広いずんどうの船で、航海中の貫之の居室となった屋形はある程度の広さが確保できていたと思う。

廿六日《はつかあまりむゆか》　まことにやあらん。海賊追《かいぞくお》ふと言《い》へば、夜中《よなか》ばかりより船《ふね》を出《い》だして漕《こ》ぎくる途《みち》に、手向《たむ》けする所《ところ》あり。楫取《かじとり》して幣《ぬさ》たいまつらするに、幣《ぬさ》の東《ひんがし》へ散《ち》れば、楫取《かじとり》の申《まう》して奉《たてまつ》ることは、「この幣《ぬさ》の散《ち》る方《かた》に御船《みふね》すみやかに漕《こ》がしめた給《たま》へ」と申《まう》して奉《たてま》る。これを聞《き》きて、ある女《め》の童《わらは》の詠《よ》める、

わたつみの　ちふりのかみに　たむけする
ぬさのおひかぜ　やまずふかなん

とぞ詠《よ》める。

一月二十六日　日和佐から蒲生田御崎《ごうだみさき》へ

海賊が追って来ているといううわさは本当のようです。そのために夜中にお船は出ました。お昼前に海の神様を祀ったところを通り行きます。

おやかた様は、楫取に幣《ぬさ》を奉るようにお命じになりました。

海に投げ入れた幣が東の方角に散るのを見て楫取が、

「この幣の散る方角に漕がしめたまへ」と言った言葉は、おやかた様に言ったようにも聞こえ、海の神様に言ったようにも聞こえました。

この言葉を聞いて、一人の女のお子が次の歌を詠みました。

海神《わたつみ》の　ちふりの神《かみ》に　手向《たむ》けする
幣《ぬさ》の追風《おひかぜ》　止《や》まず吹《ふ》かなん

「海の神様にお願いします。幣の散る方向に追い風をずっと吹き続けてください」

海神を祀った祠がある鹿《か》の首岬《くびみさき》で貫之は楫取に命じて航海安全を祈願させた。その幣が東に散るのを見て楫取は、「この幣の散る方角に漕がしめたまへ」と芝居じみた調子で言った。この場所では東へ漕ぐしかない当たり前のことをもったいぶって言う楫取に、貫之は「勝手にしろ」と言いたいところを抑えて「おう」と返事した。

> このあひだに、風《かぜ》のよければ、楫取《かじとり》いたく誇《ほこ》りて、船《ふね》に帆《ほ》あげなど喜《よろこ》ぶ。その音《をと》を聞《き》きて、童《わらは》も女《をんな》もいつしかとし思《おも》へばにやあらん。いたく喜《よろこ》ぶ。このなかに淡路《あはじ》の専女《たうめ》といふ人《ひと》の詠《よ》める歌《うた》、
>
> おひかぜの　ふきぬるときは　ゆくふねの
> ほてうちてこそ　うれしかりけれ
>
> とぞ。天気《ていけ》のことにつけて祈《いの》る。

少女の願いが届いたのかちょうどよい風が吹いて来ました。楫取は自分の願いが叶ったと思ったのでしょう、大きな声で水手たちに漕ぐことをやめて帆を上げるように命じました。帆が風をはらむと楫取は「やんや、やんや」と大喜びです。風を受けてははたはたと帆が打ちならす音を聞いて、子供も女も京が近づくように思えて大変に喜びあっています。淡路生まれという老女が詠んだお歌は次のようです。

追風《おひかぜ》の　吹《ふ》きぬるときは　行《ゆ》く船《ふね》の
帆《ほ》て打《う》ちてこそ　うれしかりけれ

「追い風が吹いてきて　船は帆がはたはたと音をたて進んでいきます。私たちも京へ早く着くように思えて手を打ってうれしがっています」

このよいお天気がこのまま続くことを祈ります。

ちょうどよい塩梅に東向きの風が吹き始めて、楫取はこの航海で初めて水手らに帆を上げるように命じた。帆は風をはらみ船足を速めた。それを見て、みんなが大喜びの声を上げた。楫取はそれが自分に対する称賛のように受け止めたようで得意げな顔をしている。

蒲生田岬の突端に近づいたところで楫取は水手たちに帆を下ろすように指図し、漕いで岬を回り橘湾に入った。多くの島や入江が美しいリアス式湾岸のとある波静かな島蔭に船は碇を降ろした。

日和佐から約三十キロメートル、帆走で距離を稼ぎ昼過ぎには着いただろう。

廿七日《はつかあまりなぬか》　風《かぜ》吹《ふ》き、波《なみ》あらければ船出《ふねい》ださず。これかれ、かしこく嘆《なげ》く。男《をとこ》たちの心《こころ》なぐさめに、漢詩《からうた》に、「日《ひ》を望《のぞ》めば都遠《みやことほ》し」などいふなる言《こと》の様《さま》を聞《き》きて、ある女《をんな》の詠《よ》める歌

ひをだにも　あまぐもちかく　みるものを
　　みやこへとおもふ　みちのはるけさ

また、ある人《ひと》の詠《よ》める、

ふくかぜの　たえぬかぎりし　たちくれば
　なみぢはいとど　はるけかりけり
日《ひ》ひと日《ひ》、風《かぜ》やまず。つまはじきして寝《ね》ぬ。

一月二十七日　橘湾
風が吹き荒れて、波が荒いために船は出せません。皆さまそれぞれがためいきの出ることです。殿御の皆様は暇つぶしに漢詩などを吟じたりします。
「日を望めば都遠し」と望郷の思いを詠った漢詩の意味を聞いて、ある女が詠んだ歌は、
日《ひ》をだにも　雨雲近《あまぐもちか》く　見《み》るものを
　都《みやこ》へと思《も》ふ　途《みち》のはるけさ
「太陽でさえ空の雲の近くに見えるというのに　早く帰り着きたい都までの道のりは　なんとはるか遠いことでしょう」

また、ある人は次のように詠みました。

吹《ふ》く風《かぜ》の　絶《た》えぬかぎりし　立《た》ちくれば

波路《なみぢ》はいとど　はるけかりけり

「吹く風が止まないかぎり　海は白波が立ち騒ぎ　これから先の海路は本当にはるか先のことですね」

今日は一日中風が止みません。おやかたさまはつまはじき（親指と人差し指でパチンと）して「どうにもならんわ」と寝てしまわれました。

沖では強風が吹き荒れて白波が絶えない。

陸に上がるわけにもいかず皆は日長一日船中で暇を持て余している。

時には漢詩を吟じる者もいるが風で声が飛び気分が乗らない。

貫之は、屋形で妻と歌合せをして時間つぶしをするが、長続きせず、御簾《みす》を降ろしてふて寝をしてしまった。

廿八日《はつかあまりやうか》　夜《よ》もすがら雨《あめ》やまず。今朝《けさ》も。

一月二十八日　橘湾

夜中はずっと雨は止まず。今朝もそうです。

一晩中降り続けた雨は午後には上がり薄日が差してきた。

貫之は国府の館を出てから書き続けた具注歴を読み返してみて書き足りないところを書き加えたりして、この航海の経験を題材にした今までにはなかった形式の作品を作りあげようと構想を練っていただろう。

廿九日《はつかあまりここぬか》　船出《ふねい》だして行《ゆ》く。うらうらと照《て》りて漕《こ》ぎ行《ゆ》く。爪《つめ》のいと長《なが》くなりにたるを見《み》て、日《ひ》を数《かぞ》ふれば、今日《けふ》は子《ね》の日《ひ》なりければ切《き》らず。正月《むつき》なれば、京《きょう》の子日《ねのひ》のこと言《い》ひ出《い》でて、「小松《こまつ》もがな」といへど、海《うみ》なかなれば難《かた》しかし。
ある女《をんな》の書《か》きて出《い》だせる歌《うた》、

おぼつかな　けふはねのひか　あまならば
　　　うみまつをだに　ひかましものを

とぞいへる。海《うみ》にて子《ね》の日《ひ》の歌《うた》にてはいかがあらん。また、ある人《ひと》の詠《よ》める歌《うた》、

けふなれど　わかなもつまず　かすがのの
　　　わがこぎわたる　うらになければ

かく言ひつつ漕《こ》ぎ行《ゆ》く。

一月二十九日　蒲生田御崎から土佐の泊へ

春の日を浴びて船はのんびりと漕ぎ進みます。
ふと気がついて指を見ますと爪がたいそう伸びています。暦では今日は子の日で、爪は丑の日に切れと昔からの言い伝えがありますので、今日は切らずにおきます。

子の日といえば、正月の最初の子の日には、野に出て若菜を摘んだり、小松を引き抜いて遊んだりする京での行事を思い出します。「小松でもあればその真似事でも」と誰かが言いますが、海の上のことであれば叶わぬことです。

一人の女が色紙にお歌を書いて皆に見せました。

おぼつかな　今日《けふ》は子《ね》の日《ひ》か　海上《あま》ならば
海松《うみまつ》をだに　引《ひ》かましものを

「たしか今日は子の日のはずです。野原に出て小松を摘んで千代に八千代の栄を願う日ですのに小松はありません。私が海女《あま》であれば小松の代わりにせめて海松でも摘むでしょうに」

海の上で子の日のお歌とは場違いな感じがします。

また、別のお人が詠んだお歌は次のようでした。

今日《けふ》なれど　若菜《わかな》も摘《つ》まず　春日野《かすがの》の
我《わ》が漕《こ》ぎわたる　浦《うら》になければ

「そうです、今日は子の日です。けれども　小松も若菜も摘むことができません。京の春日野は私が漕ぎ渡っているこの海辺にはありませんもの」

おもしろき所《ところ》に船《ふね》を寄《よ》せて、「ここやいどこ」と問《と》ひければ、「土佐《とさ》の泊《とまり》」と言《い》ひけり。昔《むかし》、土佐《とさ》と言《い》ひける所《ところ》に住《す》みける女《をんな》、この船《ふね》にまじれりけり。そが言《い》ひけらく、「昔《むかし》、しばしありし所《ところ》のなく日《ひ》にぞあなる。あはれ」と言《い》ひて詠《よ》める歌《うた》、

としごろを　すみしところの　なにしおへば
きよるなみをも　あはれとぞみる

とぞ言《い》へる。

このように船の中では歌を詠んだり、うわさ話をし合ったりしながら船は漕ぎ進んでいきます。

船は景色の大変に美しいところに着きました。「ここは何処《いずこ》」と楫取に聞きましたところ

室津から土佐の泊へ（2）　和泉の灘へ

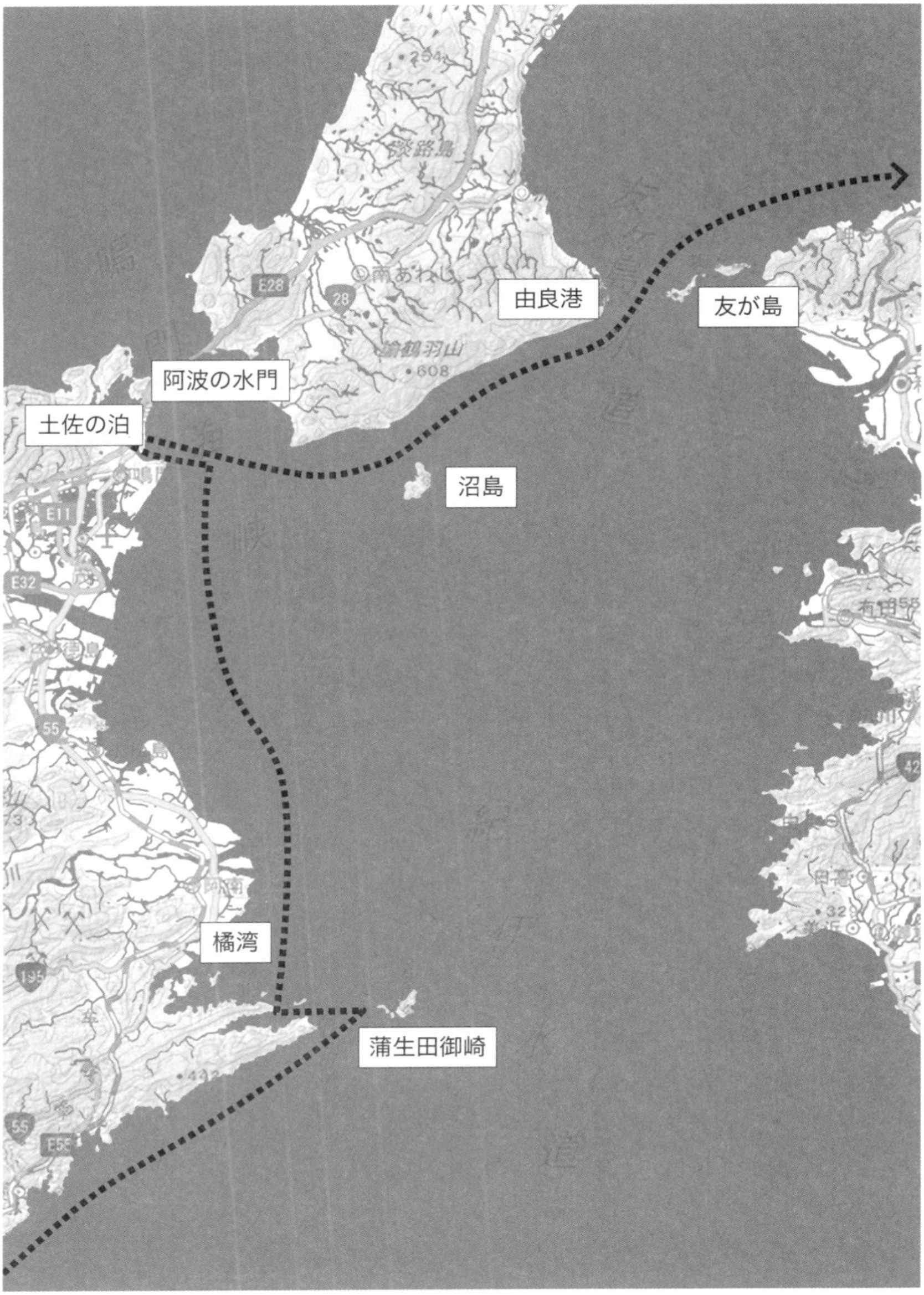

ろ、「土佐の泊」という返事が返ってきました。以前に土佐に住んでいたという女性がこの船に乗っています。その女が「むかし、しばらく住んでいた所の地名と同じで、懐かしいことです」と言いながら次のように詠みました。

としごろを　住《す》みしところの　名《な》にし負《を》へば
　来寄《きよ》る波《なみ》をも　あはれとぞ見《み》る

「この地は私が何年か住んだ土佐と同じ地名ですから　打ち寄せる波もそのときのことを懐かしく思い出させてくれます」

朝早くに出た船は、たくさんの島が美しく重なり合う橘湾をまっすぐ北に向けて漕ぎ進む。東の水平線上にうっすらと見える紀州の山並みの端に朝日が昇る。淡い光の春の日を浴びながら、あるかなしかのうねりに身をゆだねて久しぶりのゆったりとした船旅を味わうゆとりが船内に満ちる。貫之も御簾を上げさせてのんびり通り過ぎる島を眺めている。

遠くには漁をしているのだろう小舟がいくつか見える。

そのうち、貫之は春の陽気が身体に乗り移ったかのように物憂いような気だるさを感じて、それでも何か気の利いた歌をものにしようと思案している。

吉野川の広い河口の奥まで広がる葦の原を見ながら船はゆっくりと北上し、日暮れ前に土佐の泊の船だまりに入った
三艘の船団の到来を聞き伝えてあちこちから村人が集まってきて遠巻きに見守っていた。

この航海の出発地が土佐であるにもかかわらず、「土佐」の地名がここで初めて出てきたが、「土佐日記」では、出発地を「土佐」と特定させない書き方、表現をしている。

十二月二十七日の「大津より浦戸を指して……」から、大湊、奈半の泊、宇多の松原、室津、羽根、一月の十二日の奈良志津と地名が出てきたが、今のように社会科や地理といった学科や情報のない平安時代にこの日記を読む京の人たちには、それらの地名からは、場所の特定はできないまま読み進むしかない。

今日の行程は約四三キロメートル、午後になって南から吹く風に合わせて帆走したと思う。土佐日記のどの注釈書や研究書を見ても五五日間の航海中に帆走したのは二六日の一回限りとしているが、追い風のときには帆を上げて帆走し水手を休めさせるのは当然のことである。

海上では一日のうちで風向きはよく変わる。風向きによってどの航路を進み、どのように船を操船して貨客を安全に目的地に運ぶかが楫取の仕事で、帆走できる風向きのときは必ず楫取は帆を上げさせたであろう。

第六章　土佐の泊から和泉の灘へ

卅日《みそか》　雨風《あめかぜ》吹《ふ》かず。海賊《かいぞく》は夜歩《よるある》きせざなりと聞《き》きて、夜中《よなか》ばかりに船《ふね》を出《い》だして、阿波《あは》の水門《みと》を渡《わた》る。夜中《よなか》なれば西東《にしひんがし》も見《み》えず。男女《をとこをんな》、からく神仏《かみほとけ》を祈《いの》りてこの水門《みと》を渡《わた》りぬ。寅卯《とらう》のときばかりに、沼島《ぬしま》といふ所《ところ》を過《す》ぎて、多奈川《たなかは》といふ所《ところ》を渡《わた》る。からく急《いそ》ぎて、和泉《いづみ》の灘《なだ》といふ所《ところ》に至《いた》りぬ。今日《けふ》、海《うみ》に波《なみ》に似《に》たるものなし。神仏《かみほとけ》の恵《めぐ》み蒙《かうぶ》れるに似《に》たり。今日《けふ》、船《ふね》に乗《の》りし日《ひ》より数《かぞ》ふれば、三十日余九日《みそかあまりここぬか》になりにけり。いまは和泉国《いづみのくに》に来《き》ぬれば海賊《かいぞく》ものならず。

一月三十日　鳴門海峡を渡る

雨も降らず風もありません。海賊は夜には出没しないと言ううわさを信じて、真夜中に

吹飯浦から小津の浦へ

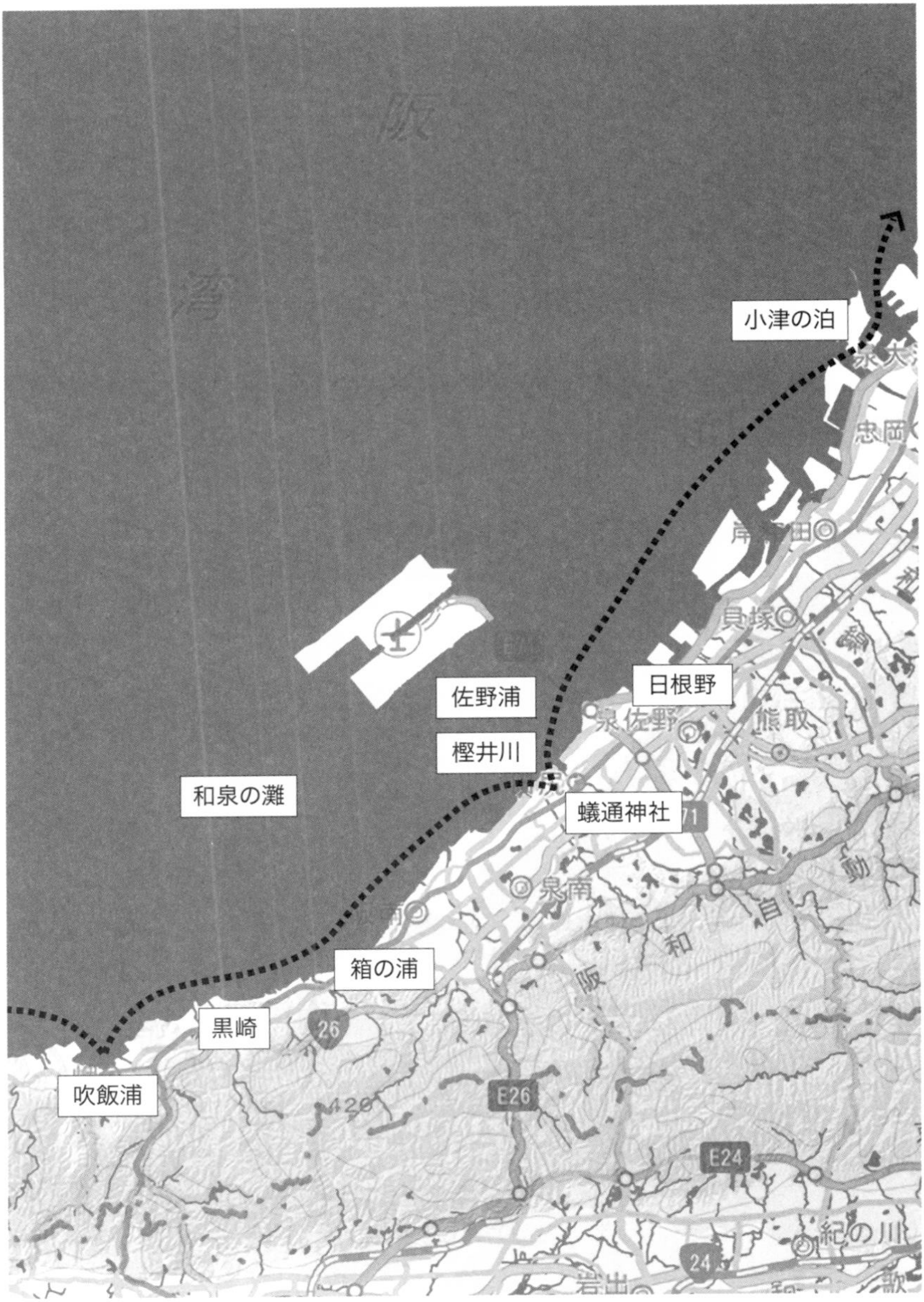

船を出しました。

船は阿波の水門《あわみと》（鳴門海峡）を渡ります。西も東も見えない真っ暗やみを船は漕ぎ進みます。不安は皆同じかして男も女も一生懸命に神様や仏様にお祈りをします。その甲斐があったからでしょう何事もなく無事に阿波の水門を渡りきりました。

明け方に沼島《ぬしま》というところを通り過ぎて、多奈川というところの沖を進みます。たいそう急いだせいでしょうか和泉の灘というところにきました。今日は一日中海には波というほどの波も立ちませんでした。神様や仏様のお恵みのおかげということでしょう。

この船に乗った日から数えて三十九日が経ちました。今は和泉の国まで来ましたからもう海賊の心配はありません。


昨夜は少し仮眠を取っただけで真夜中に船は岸を離れた。まず、貫之の船が、そして、時文、是望の乗る船が続いた。土地の漁師から潮の流れの変わる時刻を聞いてきた楫取が、貫之に真夜中の船出を告げた。海賊の出没を気にしていた貫之としても、海賊は夜には動かないと聞いていたのでむしろその方が好都合であった。

水手たちの力強い掛け声が船中に響いて土佐の泊から一気に鳴門の海峡を渡り始めた。船の中の男も女もうわさに聞く阿波の大渦潮の恐ろしさと海賊の出没の恐ろしさで船内に緊張が走る。身体を寄せ合いながら、真っ暗闇の中、力いっぱい櫓を漕ぐ水手たちを見守っている。

夜のとばりが明るみかける五時ころ船団は淡路島と沼島の間を通り抜けた。

淡路島南岸沿いを漕ぎ進むが、果てしなく続く山並みにさえぎられて風はなく、海面は鏡のように穏やかである。船内はいつしか話し声も途絶えて水手たちの掛け声だけが単調に続く。

由良瀬戸に到る頃、楫取はちょうど潮の流れが緩やかな海面を見て船の向きを北東に変えた。船は大阪湾に漕ぎ入れ、友が島北岸を東に進む。

沼島から今日の到着地の深日まで三七キロメートル、昼からは南からの海風を受けて帆走し距離を稼いだだろう。

多奈川の沖を過ぎ、吹飯浦《ふけいのうら》（深日）に船は入った。

今日の航程は約五七キロメートル、沼島を午前五時ころに通過していることから、土佐の泊から沼島まで約二十キロメートルを六時間かかったとして昨夜の出港は午後十一時となる。

二月一日《きさらぎついたち》　朝《あした》の間《ま》、雨《あめ》ふる。午刻《むまとき》ばかりに止《や》みぬれば、和泉《いづみ》の灘《なだ》といふ所《ところ》より出《い》でて漕《こ》ぎ行《ゆ》く。海《うみ》の上《うへ》、昨日《きのふ》のごとくに風波《かぜなみ》みえず。黒崎《くろさき》の松原《まつばら》を経《へ》てゆく。所《ところ》の名《な》は黒《くこ》く、松《まつ》の色《いろ》は青《あを》く、磯《いそ》の波《なみ》は雪《ゆき》のごとくに、貝《かひ》の色《いろ》は蘇芳《すはう》に、五色《ごしき》にいまひと色《いろ》ぞ足《た》らぬ。このあひだに、今日《けふ》は箱浦《はこのうら》といふ所《ところ》より綱手《つなて》引《ひ》きて行《ゆ》く。
かく行《ゆ》くあひだに、ある人《ひと》の詠《よ》める歌《うた》、

たまくしげ　はこのうらなみ　たたぬひは
　うみをかがみと　たれかみざらん

また、船君《ふなぎみ》のいはく、「この月《つき》までなりぬること」と嘆《なげ》きて、苦《くる》しきに耐《た》へずして、人《ひと》も言《い》ふこととて心《こころ》やりに言《い》へる。

ひくふねの　つなでのながき　はるのひを
　よそかいかまで　われはへにけり

二月一日　佐野浦

朝の間は雨が降りましたが昼ころには止みましたので、船は和泉の灘沖を漕ぎ進んでいきます。海上は昨日と同じように風も波もありません。

黒崎の松原を見ながら船は進みます。黒崎は名のとおり黒く見え、松は蒼く、磯に寄せる波は雪を見るようで白く、貝の色は蘇芳色（赤色）とすると、五色（黒、青、白、赤、黄）には一つだけ足りません。

そうこうしていますうちに箱の浦というところから水手たちが浜に降りて船に綱をつけて曳いていくことになりました。

この間に、あるお人が次のようにお歌を詠まれました。

たまくしげ　箱《はこ》の浦波《うらなみ》　立《た》たぬ日《ひ》は
　海《うみ》を鏡《かがみ》と　誰《たれ》か見《み》ざらん

「箱の浦に白波が立たない今日のような日には　海の上が平らかに見え鏡のようです、だれもがそう見えることでしょう」

おやかた様は「とうとう二月になってしまった」と嘆かれて、みなの気持ちも同じような思いであろうと次のように詠まれました。

曳《ひ》く船《ふね》の　綱手《つなで》の長《なが》き　春《はる》の日《ひ》を
四十日五十日《よそかいか》まで　我《われ》は経《へ》にけり

「この船を曳いている綱のように長い春の日の私の船旅も四、五十日が経ってしまった」

聞《き》く人《ひと》の思《おも》へるよう、「なぞ、徒言《ただごと》なる」と、ひそかに言《い》ふべし
「船君《ふなぎみ》のからく拈《ひね》り出《い》だして、よしと思へることを。怨《ゑ》じもこそし給《た》べ」
とて、つつめきて止《や》みぬ。にはかに風波高《かぜなみたか》ければ留《とど》まりぬ。

そのお歌を聞いて、「なにか、普段の話し言葉のようだ」とひそかに言う人がいます。「おやかた様が苦心してひねり出されたお歌で、ご本人様はよく詠めたとお思いのようだから、怨まれるようなことは言わないでおこうよ」とお互いにこそこそ言って黙ってしまいました。

突然、風波が強まり始めましたので楫取は近くの河口の少し遡ったところに船を泊めま

した。

深日の浦を漕ぎ出した船は、黒崎（今の淡輪）をかわし、浜沿いに漕ぎ進めるが流れに逆らっているようで船足は伸びない。

水手たちを叱りながら漕がせ続けた楫取は、とうとうその手前の箱の浦（今の箱作）のところで漕ぐことをあきらめて水手たちに船を曳くように命じた。

土地の者も出てきて船曳きに加わった。

尾崎をかわすと楫取は水手たちを船に上げてまた漕ぎ進めた。

そして風波が強まりだしたのを見て楫取は佐野浦に入るのをあきらめて、樫井川の入り江に船を入れた。

二日《ふつか》　雨風《あめかぜ》やまず。日《ひ》ひと日《ひ》、夜《よ》もすがら神仏《かみほとけ》を祈《いの》る。

二月二日　佐野浦

雨、風が止みません。日なが一日、夜も「早く治まりますように」と神様や仏様に祈り続けます。

なじみのある蟻通神社《ありとおしじんじゃ》へお参りをしたいと思っているが、国司ともなると行動は容易ではなくあきらめざるをえなかった。

その昔、貫之が和歌山の珠津島《たまつしま》神社へ参詣を終えての帰り道、この地でにわかに空がかき曇り、乗っていた馬が病に倒れて貫之は途方にくれたことがあったという。そのとき、近在の者が「馬に乗ったまま蟻通《ありとほし》神社の前を通り過ぎようとされたから明神さまの怒りを買ったのだ」と教えます。

そこで貫之は次の歌を詠んで奉納した。

かきくもり　あやめも知《し》らぬ　大空に
　ありとほしをば　思《おも》ふべしやは

「蟻も星も見えないこの真っ暗闇で蟻通（蟻と星）神社があろうなどと思いも知りませんでした」

この歌に明神は納得して怒りも鎮まり、馬の病も回復し旅を続けることができたという。清少納言が枕草子第二四四段に「蟻通の明神、貫之が馬のわずらひけるに、この明神の病ませ給うとて、歌よみたてまつりけん、いとおかし」という書き出しで「蟻通」の由来を詳しく書いている。

この言い伝えのある蟻通神社は、少し位置が変わったが今は泉佐野市長滝にある。

三日《みか》　海《うみ》の上《うへ》昨日《きのふ》のやうなれば船出《ふねい》ださず。風《かぜ》の吹《ふ》くこと止《や》まねば、岸《きし》の波《なみ》立ちかへる。これにつけて詠《よ》める歌《うた》、

をよりて　かひなきものは　おちつもる
　なみだのたまを　ぬかぬなりけり

かくて今日《けふ》暮《く》れぬ。

二月三日　佐野浦

昨日と同じように海は荒れていますので船は出ません。

風が吹き続けるために岸では波が沸き立つように砕け散っています。

これを見ておやかた様がお歌をお詠みになりました。

緒《を》を縒《よ》りて　甲斐《かひ》なきものは　落《お》ち積《つも》る
　涙《なみだ》の珠《たま》を　貫《ぬ》かぬなりけり

「この船旅の合間合間に麻を縒って白珠に通すための糸を紡いでいますが、紡ぎ甲斐のないのは、我が子を失った悲しみで落ち積もる涙の白珠は紡ぐことができないからです」

このようにして今日も暮れていきます。

和泉の国府から役人が様子を見に来た。

泉佐野市史は、貫之は延長二年（九二四年）和泉の国の国司・和泉守であったと書いている。大和の守の藤原忠房がその貫之を訪ねてきたときの忠房の歌に貫之は次の返歌をしている。

沖《おき》つ波《なみ》　高師《たかし》の浜《はま》の　浜松《はままつ》の
名《な》にこそ君《きみ》を　待《ま》ちわたりつれ

「高師の浜の浜松（待つ）と名にあるようにあなたのお出でをお待ちしていました」

この地は貫之にとってなじみの深い、懐かしい土地であった。

四日《よか》　楫取《かぢとり》、「今日《けふ》、風雲《かぜくも》の気色《けしき》はなはだ悪《あ》し」といひて船出《ふねいだ》さずなりぬ。然《しか》れども、ひねもすに波風《なみかぜ》立《た》たず。この楫取《かぢとり》は日《ひ》もえ計《はか》らぬかたゐなりけり。
この泊《とまり》の浜《はま》には、種々《くさぐさ》のうるわしき貝《かひ》、石《いし》など多《おほ》かり。
かかれば、ただ昔《むかし》の人《ひと》をのみ恋《こ》ひつつ、船《ふね》なる人《ひと》の詠《よ》める、

よするなみ　うちもよせなん　わがこふる
ひとわすれかひ　おりてひろはん

と言《い》へれば、ある人《ひと》の耐《た》へずして、船《ふね》の心《こころ》やりに詠める

わすれかひ　ひろひしもせじ　しらたまを
　　　こふるをだにも　かたみとおもはむ

となむ言へる。

二月四日　佐野浦

楫取は「今日も風や雲行きが大変に悪い」といって船を出しません。

しかし、一日中波はおだやかで風もありません。おやかた様は「この楫取は天気も読めぬものもらいであったわい」と吐き出すように仰った。

この浜にはたくさんの美しい貝や石を見つけることができます。

貝と言えば忘れ貝を思い出されて、おやかた様が亡くなったお子を思いだして詠まれました。

寄《よ》する波《なみ》　打《う》ちも寄《よ》せなむ　我《わ》が恋《こ》ふる
人忘れ貝《ひとわすれかひ》　降《お》りて拾《ひろ》はん

「浜辺に寄せる波よ、打ち寄せてほしい、私が恋しがっているあの子を忘れることができるという忘れ貝を、そうすれば私は船を降りてその忘れ貝を拾おう」

このお歌に応えてお方様は悲しみや船旅の侘しさに耐えずつぎのように詠まれました。

忘《わす》れ貝《かひ》　拾《ひろ》ひしもせず　白珠《しらたま》を
恋《こ》ふをだにも　形見《かたみ》と思《おも》はん

「私は忘れ貝を拾いませんよ　白珠のようにかわいかったあの子を忘れず、恋しく思い続けるためにも美しい石でも拾ってあの子の形見と思いましょう」

女児《をんなご》のためには、親幼《おやおさな》くなりぬべし。「珠《たま》ならずもありけんを」と人言《ひとい》はんや。されども、「死《し》し子《こ》、顔《かほ》よかりき」といふやうもあり。

なほ同《おな》じ所《ところ》に日《ひ》を経《ふ》ることを嘆《なげ》きて、ある女《をんな》の詠《よ》める歌《うた》、

てをひてて　さむさもしらぬ　いずみにぞ
くむとはなしに　ひころへにける

亡くした子を思うとき親は子供のようになるものです。自分の子供を「珠のように美しい」というのはどうかと人は思うでしょうけれど、「死んだ子は美人だった」という諺もあります。

今日も同じところに居て日が経つばかりを嘆いてある女性がつぎのお歌を詠まれました。

手《て》を浸《ひ》てて　寒《さむ》さも知《し》らぬ　和泉《いづみ》にぞ
汲《く》むとはなしに　日《ひ》ころ経《へ》にける

「泉と言えば、手を浸せば冷たく、その泉から冷たい水を汲むとしたものですが、和泉はこの地の地名であって、泉があるわけではありません。浸して冷たい水を汲むこともなく、何もせずに日が経ってしまいます」

貫之は三日も船が動かないことにイライラを募らせて楫取に腹を立てたが、所在ないままに妻を促して一緒に磯に下りて珍しい貝や石を見つけたり拾い集めたりしている。

水手たちはどこへ消えたのか三日間姿を見せない。案外近くの村落などに出かけて久しぶりの歓楽を楽しんでいるのであろう。

樫井川によって形成された日根野一帯は荒野で、一般の狩猟は禁じられている天皇の狩猟地であった。海浜はタイ、イカ、貝などの海産物を宮中に収める網曳御厨《あびきみくりや》があり、日根野周辺は結構賑わっていたと思う。

第七章　難波津

五日《いつか》　今日《けふ》、からくして、和泉《いづみ》の灘《なだ》より小津《をづ》の泊《とまり》を追《お》ふ。松原目《まつばらめ》もはるばるなり。

これかれ、苦《くる》しければ詠《よ》める歌《うた》、

ゆけどなほ　ゆきやられぬは　いもがうむ
　　　をづのうらなる　きしのまつばら

かく言《い》ひつつ来《く》るほどに、「船《ふね》疾《と》く漕《こ》げ。日《ひ》のよき日《ひ》に」と催《もよほ》せば、楫取《かぢとり》、船子《ふなこ》どもにいはく、「御船《みふね》より仰《おふ》せたぶなり。朝北《あさきた》の出《い》でこぬさきに、綱手《つなで》はや引《ひ》け」といふ。

この言葉《ことば》の歌《うた》のやうなるは、楫取《かぢとり》の自《おのづ》からの言葉《ことば》なり。楫取《かぢとり》はうつたへに、我歌《われうた》のやうなること言《い》ふとにもあらず。聞《き》く人《ひと》の、「あやしく歌《うた》めきても言《い》ひつるかな」とて、書《か》き出《い》だせれば、げに三十文字余《みそもじあまり》なりけり。今日《けふ》、「波《なみ》な立《た》ちそ」と、人々《ひとびと》ひねもすに祈《いの》る験《しるし》ありて、風波《かぜなみ》立《た》たず。今《いま》し、鷗《かもめ》群《む》れゐて遊《あそ》ぶ所《ところ》あり。京《きょう》の近《ちか》づく喜《よろこ》びのあまりに、ある童《わらは》の詠《よ》める歌《うた》、

いのりくる　かざまともふを　あやなくも
かもめさへだに　なみとみゆらん

二月五日　難波津

今日和泉の灘沖を小津の泊へ向けて船は漕ぎ進みます。

松原が渚の遠くまではてしなく続いています。この松原のように旅の行く手の長いことをうんざり思うお気持ちをおやかた様は次のように詠まれました。

行《ゆ》けどなほ　行《ゆ》きやられぬは　妹《いも》がうむ
をづの浦《うら》なる　岸《きし》の松原

「行けども行けどもどこまでも続く、貴女が縫っている緒のように　この小津の浜辺の松原が続く」

船の進みの遅いことにおやかた様は、とうとう「船を漕ぎ進めよ、このような船日和《ふなひより》だというのに」と楫取に催促されました。それを聞いた楫取は「御船より　仰せたぶなり朝北の　出でこぬさきに　綱手はや引け」と水手《かこ》たちに指図《さしず》をしたのでした。

楫取《かぢとり》の口から自然に出た言葉ですが、まさか私たちのように歌を詠もうとしたとも思えません。しかし、「いや待てよ、歌のように言いよった」ということで書き出してみれば、なんと、ちょうど三十一文字でした。

三日も足止めを食った貫之一行はようやくのことで早朝に小津の泊を目指して船を出した。海岸沿いに松原が果てしなく続く。この船旅も果てしなく続くように感じられる。貫之は船の進みが遅いことにやりきれなさを覚えてか、「漕いで船を早く進めよ」と楫取に催促をした。ところが、楫取は水手たちに「おやかた様が仰せじゃ、北風が吹き出す前に船を曳き進めよ」と命じたのであった。

「この楫取め、漕げと言ったのに船を曳けと下知《げち》しおった」と大いに憤慨《ふんがい》する貫之であったが海の上ではしょせんかなわぬ相手と知らぬ振りをするしかなかった。

「波が立ちませんように」とみんなが一日中お祈りをした甲斐があってのことでしょうか今日は風も波もありません。

海の上を飛ぶかもめの群れを見て、一人のお子が京に近づく喜びを次のように詠みました。

祈《いの》り来《く》る　風間《かざま》と思《も》ふを　綾《あや》なくも
かもめさへだに　波《なみ》と見《み》ゆらむ

「お祈りが通じて風が収まってきたと思いますのに　なぜかしら、かもめが白波に見えて、海上が荒れているように見えます」

と言《い》ひて行《ゆ》くあひだに、石津《いしづ》といふ所《ところ》の松原《まつばら》おもしろくて、浜辺《はまべ》とほし。また住吉《すみよし》のわたりを漕《こ》ぎ行《ゆ》く。ある人《ひと》の詠《よ》める歌《うた》、

いまみてぞ　みをばしりぬる　すみのえの
まつよりさきに　われはへにけり

ここに、昔《むかし》へ人《ひと》の母《はは》、ひと日《ひ》かたときも忘《わす》れねば詠《よ》める、

すみのえの　ふねさしよせよ　わすれくさ
しるしありやと　つみてゆくべく

となん。うつたへに忘《わす》れなんとにはあらで、恋《こひ》しき心地《ここち》しばし休《やす》めて、また恋《こ》ふる力《ちから》にせんとなるべし。

と歌を詠んだりして時を過ごしていますうちに船は石津の沖に差しかかりました。松原が大変に美しくその浜辺ははるか先まで続いていています。

船は住吉の沖を通ります。おやかた様は次のようなお歌を詠まれました。

いま見《み》てぞ　身《み》をば知《し》りぬる　住之江《すみのえ》の
松《まつ》よりさきに　我《われ》は経《へ》にけり

「以前と何も変わっていない青々とした住之江の松を見ますと、私は歳を取ったなあとつくづく思います。松よりも先に老いてしまったのです」

おやかた様のお方様は、死んだお子さまのことが一日も忘れることがないお気持ちを込めて次のようにお詠みになりました。

住之江《すみのえ》に　船《ふね》さしよせよ　忘れ草《わすれくさ》
しるしありやと　摘《つ》みて行《ゆ》くべく

「住之江に船を着けてください。亡くなった娘を時には忘れるという効き目が忘れ草にあるならば、私はそれを摘んでいきたいのです」

娘のことを忘れようと思って忘れ草を摘むのではなく、娘をいとおしむ思いを少しの間だけでも忘れて心を休ませることで、その思いがさらに強まるという効き目が忘れ草にあれば、という思いで詠まれたのでした。

歌を詠み、浜辺の美しい松原を見ながら船は進みます。

楫取は石津の河口で船の曳くのをやめさせて水手たちを船に上げ再び漕ぎ始めた。

白砂青松の浜辺がどこまでも続く。

遣唐使船の航海中の安全祈願の神社としてその昔大いに栄えた住吉の津を横目に見て船は漕

ぎ進む。

かく言《い》ひてながめつつ来《く》るあひだに、ゆくりなく風吹《かぜふ》きて、漕《こ》げども漕《こ》げども後方《しりへ》しぞきにしぞきて、ほとほとしくうち嵌《は》めつべし

楫取《かぢとり》のいはく、「この住吉《すみよし》の明神《みやうじん》は、例《れい》の神《かみ》ぞかし。欲《ほ》しき物《もの》ぞおはすらん」とは、いまめくものか。さて、「幣《ぬさ》を奉《たてまつ》りたまへ」と言《い》ふ。言《い》ふにしたがひて幣《ぬさ》たいまつる。かくたいまつれれども、もはら風止《かぜや》まで、いや吹《ふ》きに、いや立《た》ちに、風波《かぜなみ》のあやふければ、楫取《かぢとり》またいはく、「幣《ぬさ》には御心《みこころ》のいかねば、御船《みふね》も行《ゆ》かぬなり。なほ嬉《うれ》しとおもひ給ぶべき物《もの》たいまつりたべ」といふ。また、言《い》ふにしたがひて、「いかがはせん」とて、「眼《まなこ》もこそ二《ふた》つあれ、ただひとつある鏡《かがみ》をたいまつる」とて、海《うみ》にうち嵌《は》めつれば口惜《くちを》し。されば、うちつけに海《うみ》は鏡《かがみ》の面《おもて》のごとなりぬれば、ある人《ひと》の詠《よ》める歌《うた》、

ちはやふる　かみのこころを　あるるうみに
　　　　かがみをいれて　かつみつるかな

いたく、住江《すみのえ》、忘《わす》れ草《くさ》、岸《きし》の姫松《ひめまつ》などいふ神《かみ》にはあらずかし。目《め》もうつらうつら、鏡《かがみ》に神《かみ》の心《こころ》をこそは見《み》つれ。楫取《かぢとり》の心《こころ》は神《かみ》の御心《みこころ》なりけり、

そのうちに、突然強い風が吹き出して漕げども、漕げども船は後方へ流され始めました。そしてついには、船が沈むのではないかと思うほどに海上は荒れ模様になりました。楫取は「この住吉の明神は例の神様です。欲しいものがおありなのです。」と知った風な言い方をします。

次いで、「幣《ぬさ》を奉るがよいでしょう」と楫取が言うので、幣でお祓《はら》いをしますが、風はさらに強く吹き荒れて海面の逆巻く波浪に船は翻弄されてひっくり返りそうになります。楫取はまた言いました。「幣では神のみ心が叶わないのです。だから船が行かないのです。明神様がもっとお喜びになるものを奉納してくだされ」

楫取の言いなりになるのも悔しい思いがしますが、そうかといって従うほかはなく「目

でさえ二個あるのに、たった一つしかない鏡を奉る」とおやかた様は海中に鏡を投げ入れられました。

するとどうでしょう、いまのいままで荒れていた海がたちまちのうちに鏡のようにうち静まったのでした。

それを見ておやかた様は次のお歌を詠まれたのです。

ちはやふる　神《かみ》の心《こころ》を　荒《あ》るる海《み》に
鏡《かがみ》を入《い》れて　かつ見《み》つるかな

「荒れ狂う海に、大事な鏡を投げ入れると途端に海上は鏡のように鎮まった。欲深い神の本心が鏡に映るかのように見えたことよ」


ここの神様は、住之江とか忘れ草とか岸の姫松といった名にふさわしい美しくやさしい神様でないことが分かりました。今投げ入れた鏡にはっきりとこの神の本心を見ました。楫取もここの神も欲深い者同士で相通じていたのでしょう。

突然、強い北風が吹き始め海上は荒れだした。前に進むどころか押し流され始めた。楫取の言うとおりに海神をなだめるための幣を奉っても収まる気配はなく、さらに風波は強まる。楫取はしばらくやり過ごすことでじきに収まるのを知っている。慌てふためく者たちを見て、からかってやろうと「海神がもっと喜びそうなものはありませぬか」と貫之に言った。大げさな芝居を打ってきたとは思いもせず、貫之は大事にしている鏡を出してきて「これはどうだ」と海に投げ打った。

　するとたちまち海上は収まったではないか。

　貫之はその海面に「にやっ」と笑う神の顔を見たような気がして「明神も欲深さにかけては楫取と変わりないことか」と、一瞬でも神頼みをした自分が馬鹿らしくなった。

　船は砂州に沿って北へと漕ぎ進んでいたが、海上に澪標《みおつくし》（水路の標識で大阪市の市章になっている）を見つけて、楫取はその澪標に沿って堀江に船を漕ぎ入れた。

　堀江の途中に入江のような船溜まりがある。難波津である。

　百年前まで遣唐使船の発着の湊としてにぎわった難波津であったが、今は寺院や貴族が各地に持つ荘園から運ばれてくる食物・資材の集積場となっている。

　貫之の船はここで土佐からの荷物を一部降ろすためにわざわざ立ち寄ったのである。

第八章　難波津から淀川へ

六日《むゆか》　澪標《みをつくし》のもとより出《い》でて、難波《なには》に着《つ》きて、川尻《かはじり》にいる。皆人々《みなひとびと》、嫗《をんな》、翁《おきな》、額《ひたひ》に手《て》をあてて喜《よろこ》ぶこと二《ふた》つなし。かの船酔《ふなゑひ》の淡路《あはぢ》の島《しま》の大御《おほいご》、都近《みやこちか》くなりぬといふを喜《よろこ》びて、船底《ふなぞこ》より頭《かしら》をもたげて、かくぞ言《い》へる。

いつしかと　いぶせかりつる　なにはかた
あしこぎそけて　みふねきにけり

いと思《おも》ひのほかなる人《ひと》の言《い》へれば、人々《ひとびと》あやしがる。これがなかに心地《ここち》なやむ船君《ふなぎみ》、いたく愛《め》でて、「船酔《ふなゑひ》したうべりし御貌《みかほ》には、似《に》ずもあるかな」と言《い》ひける。

難波津から山崎へ（1）

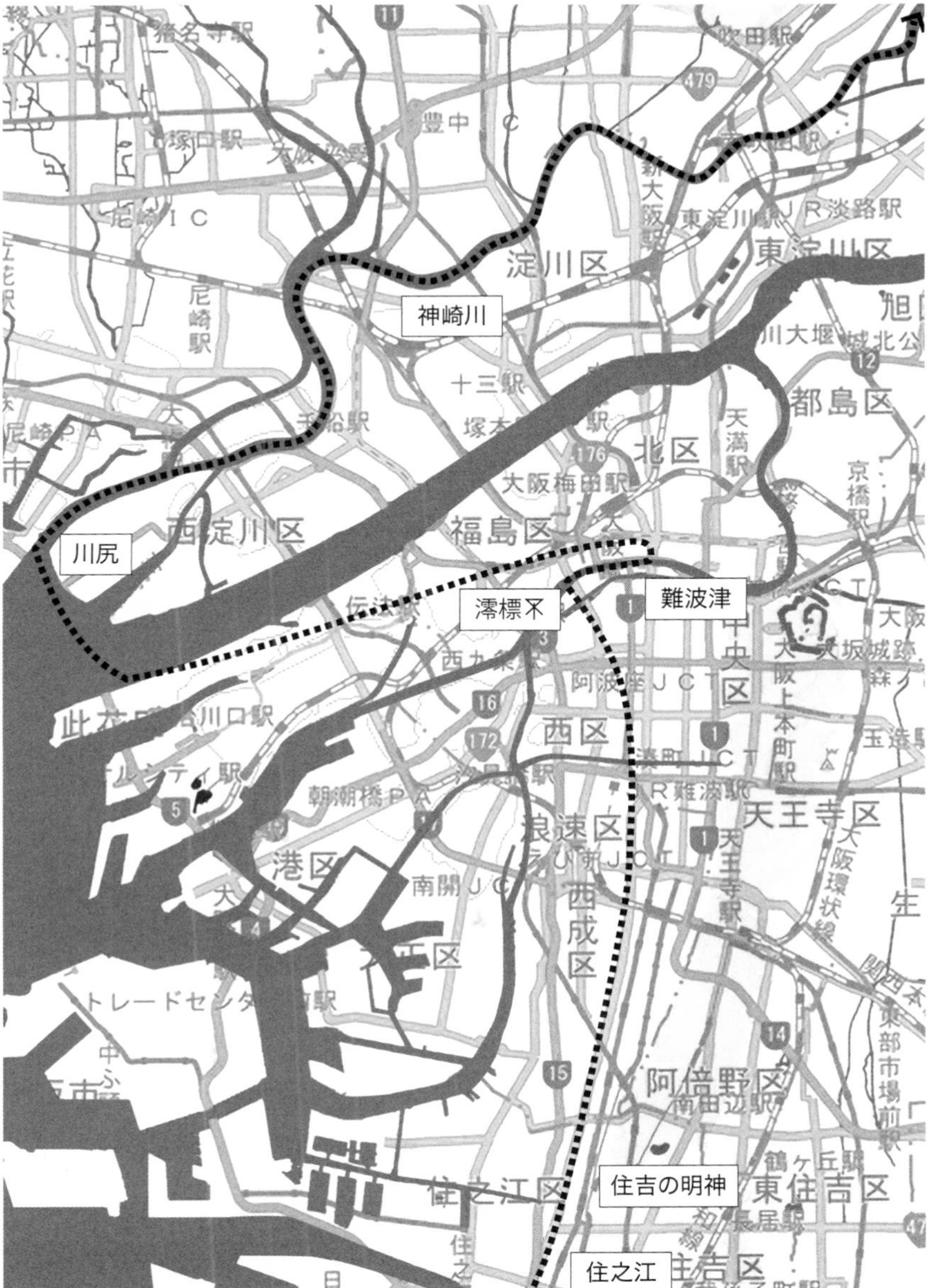

二月六日　川尻

船は難波津の入江を出て、澪標に沿って難波の海に入ります。いくつもの島が点在する北の方に漕ぎ進めて船は川尻に着きました。船の中では皆が大喜びです。おやかた様やお方様は拝むようなしぐさで手を額に当ててお喜びです。船酔いで船底に臥せっておられた淡路生まれの大お方様も京がさらに近づいたとお喜びです。そして、お体を起こして次のようにお歌をお詠みになりました。

いつしかと　いぶせかりつる　難波潟《なにわがた》
　葦《あし》こぎ分《そ》けて　御船来《みふねき》にけり

「いつになれば着くのだろうと長い船旅で気分が滅入っていました。いま、難波潟の芦の原を漕ぎ分けて難波に船が着きました」

思いもしないお人がお詠みになったので皆が笑います。慣れない船旅で終始不安をお持ちだったおやかた様も大変にお喜びになり「船酔いをしたお人に似合わないよいお歌だ」と仰せでした。

昨日は遅くに着いたので難波津の役人と国府の役人が積荷や乗船者の名簿などの検査をするためにやってきた。貫之はそのような雑事は事務方に任せて、数人の供を引き連れて船を下り、一五〇年前に栄華を誇った難波の宮の跡地に立つ。

東方を見れば、生駒の山の端からのぼり始めた太陽の輝きが河内潟の水面に照り映えたヨシの原を一望できる。

西方を見れば八十ほどの島がある難波の海が見える。二年前にこの地で八十島祭りが行われたことを国府の役人から聞いて、気の利いた歌でも披露するかと思えたが、貫之は格別に関心を寄せたようでもなかった。

昼過ぎころから強くなった引き潮に導かれるように貫之たちの船は難波津から昨日通った澪標に沿って堀江を西へ漕ぎ進めた。

細い水路を抜けると視界が大きく開け多くの島（八十島《やそじま》）を抱えた難波の海に出た。遠くには淡路島もはっきりと見える。

船は北に向けて漕ぎ進めて川尻のとある泊に入った。

乗り合わせた者たちは「ここまで来ればもう安心」という思いから船の中に笑顔が満ちる。貫之は長かった海の旅もこれで終わると思うと、このところ優れなかった体調も少しは和らぐのだった。

尼崎市教育委員会所蔵の「摂津国川辺郡猪名所地図」（西暦七五七年）は奈良時代の東大寺領の荘園の図で、今の神崎川に相当する入江に、おそらく平安時代の後書きと思われる「今淀川是也」の追記がある。

「川尻」はその地図に載っている神崎川の入江一帯にある泊で、当時大宰府から京への往来に重要で有名な港津であった。

七日《なぬか》　今日《けふ》、川尻《かはじり》に船入《ふねい》りたちて漕《こ》ぎ上《のぼ》るに、川《かは》の水乾《みづひ》て悩《なや》み患《わづら》ふ。船《ふね》の上《のぼ》ることいと難《かた》し。かかるあひだに、船君《ふなぎみ》の病者《びょうざ》、もとよりこちごしき人《ひと》にて、かうやうの事《こと》、さらに知《し》らざりけり。かかれども、淡路《あはじ》の専女《たうめ》のうたに愛《め》でて、都誇《みやこほこ》りにもやあらん。からくして、あやしき歌拈《うたひね》り出《い》だせり。その歌《うた》は、

きときては　かはのぼりぢの　みづをあさみ
ふねもわがみも　なづむけふかな

これは、病《やまひ》をすれば詠《よ》めるなるべし。一歌《ひとうた》にことの飽《あ》かねば、今《いま》ひとつ、

とくとおもふ　ふねなやますは　わがために
　　みづのこころの　あさきなりけり

この歌《うた》は、都近《みやこちか》くなりぬる喜《よろこ》びに耐《た》へずして言《い》へるなるべし。淡路御《あはじのご》の歌《うた》に劣《おと》れり。「ねたき。言《い》はざらましものを」とくやしがるうちに、夜《よる》になりて寝《ね》にけり。

二月七日

今日はいよいよ川尻からお船は川をさかのぼります。楫取たちは一生懸命に漕ぐのですが、川の水が少なくて思うように進みません。病人顔のおやかた様は、楫取たちの苦労を気にすることもなく、船が進まないことに「どうしようもないわ」とあきらめ顔でございました。

おやかた様はすることもないままに、昨日の淡路生まれの大お方様のお歌を今日もお褒めになって、ご自分も京が近づいて元気なところも見せなければと、なにやらおかしなお歌をひねり出されたのでございます。

そのお歌は、

来《き》と来《き》ては　川上《かはのぼ》りぢの　水《みづ》を浅《あさ》み
船《ふね》も我《わ》が身《み》も　なづむ今日《けふ》かな

「苦労してようやく川をさかのぼるところまで来ましたのに、川が浅くて船は行き悩み、私も悩み患います」

これは病人なればこその嘆きをこめたお歌のようです。

一首では気が収まらないのでしょうか、もう一首詠まれました。

疾《と》くと思《おも》ふ　船悩《ふねなや》ますは　我《わ》がために
水《みづ》の心《こころ》の　浅《あさ》きなりけり

「早く進んでいきたいと思う船を行き悩ますのは、私に対する川の水の優しさが浅いからでしょう」

このお歌は、京に近づいたお喜びについ気がゆるんで思わず口から愚痴が洩れたという感じで詠まれたのでしょう。それにしては淡路生まれの大お方様の歌には劣るようにお思

いになったかして、「いまいましいことよ、詠わなければよかった」と悔しがられてお
られるうちに、夜になりお休みになってしまわれました。

川尻の船溜《ふなだま》りを出て船は神崎川に入る。漕ぎ上るにつれて川は浅くなるようで、船底がつかえるのかいよいよ漕ぎづらく船足が落ちる。貫之の乗っている船はたくさんの荷を積んで喫水が下がっているために絶えず船底をこすりながらの航行となった。

沿岸には荘園が広がり、農民の耕作する姿があちらこちらに見える。両岸一帯は肥沃な土地で古くから東大寺や貴族などの荘園がある。荘園を管理する倉を兼ねた屯倉所《みやけどころ》もいくつか目にしたことだろう。

楫取は水手たちに時には川岸から綱で船を曳かせ、曳くに都合の悪い所では水手たちを船に上げて漕がせるといったように休みなくこき使う。それを見ても貫之は彼らがそうすることが当たりまえのように思ってか、ねぎらいの声をかけることもなく船内は怠惰に時間が過ぎていく。

「船を漕ぐ」と言っても四つの方法がある。カヤックのように前を向いてパドルで水を後ろに追いやる方法、ボートのように後ろ向きに座ってオールを前後させる方法、伝馬船のように船頭が船尾で横向きに立って艪を押して引いて船を前に進める方法、貫之の船は川尻からは櫓

で漕ぐというよりは引き船が主体で、それができないところでは、水手が棹を川底に刺して後ろに移動して「指し上る」方法によったと思う。

> 八日《やうか》　なほ川上り《かはのぼり》になづみて、鳥飼《とりかひ》の御牧《みまき》といふほとりにとまる。今宵《こよひ》、船君《ふなぎみ》、例《れい》の病《やまひ》おこりていたく悩《なや》む。ある人《ひと》、鮮《あざ》らかなるもの持《も》てきたり。米《よね》して返《かへ》り事《ごと》す。男《おとこ》どもひそかに言《い》ふなり。「飯粒《いひぼ》してもつ釣《つ》る」とや。かうやうのこと、ところどころにあり。
> 今日《けふ》、節忌《せちみ》すれば、魚不用《いをふよう》。

二月八日　鳥飼の御牧

船は、いぜんと川のぼりがはかどらず鳥飼の御牧のほとりに舫いました。

今宵おやかた様はいつものご持病が出て大変にお苦しそうでございます。

近在の者が新鮮な野菜や魚を持ってきてくれました、お礼にお米を渡します。男どもは「えびで鯛を釣る」という魂胆が丸見えだ、とかげ口を言っています。このようなことは

難波津から山崎へ（2）

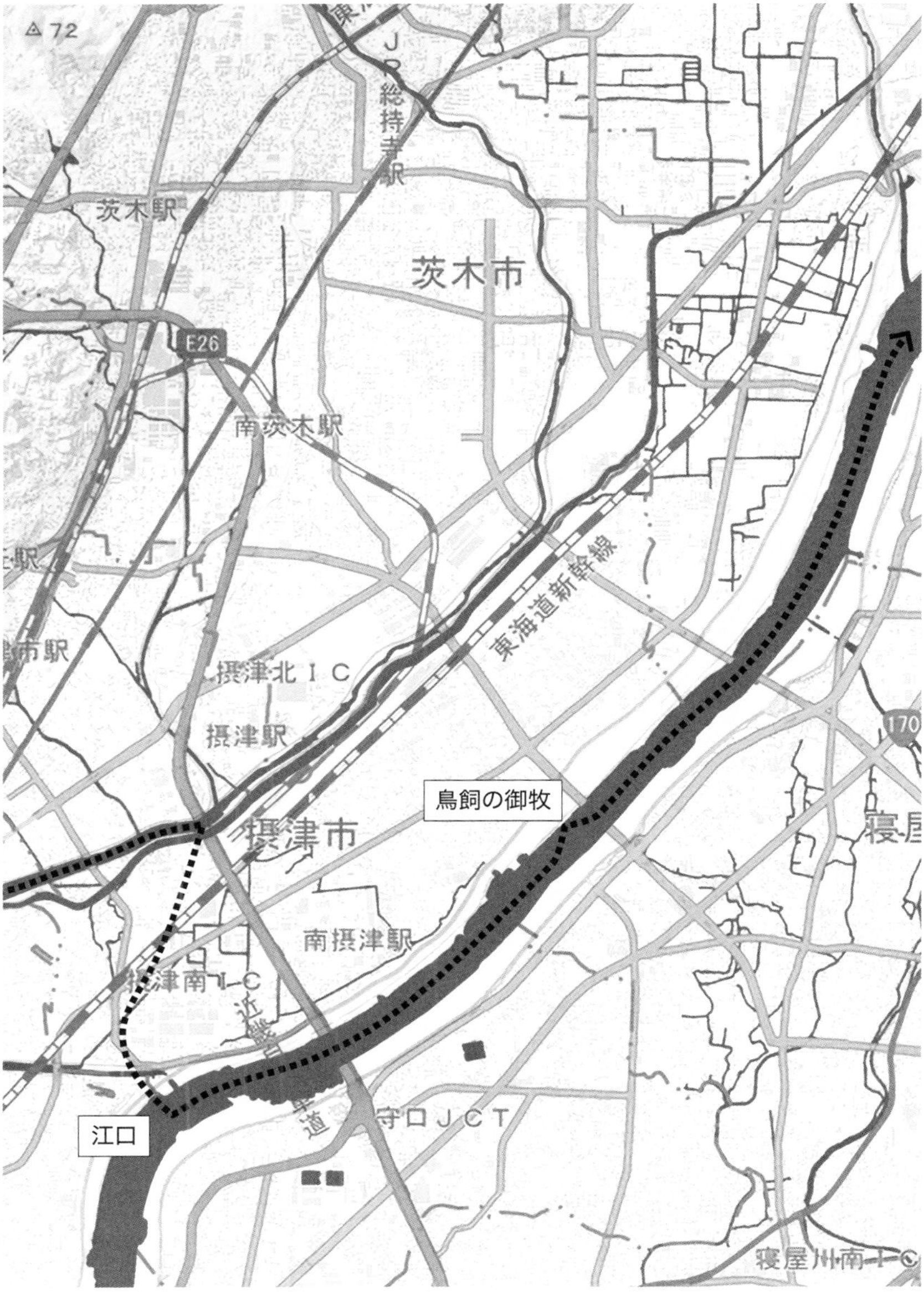

△72
JR総持寺駅
茨木駅
茨木市
E26
南茨木駅
東海道新幹線
摂津北ＩＣ
摂津駅
鳥飼の御牧
摂津市
寝屋
南摂津駅
摂津南ＩＣ
近畿自動車道
守口ＪＣＴ
江口
170
寝屋川南ＩＣ

難波津から山崎へ（3）

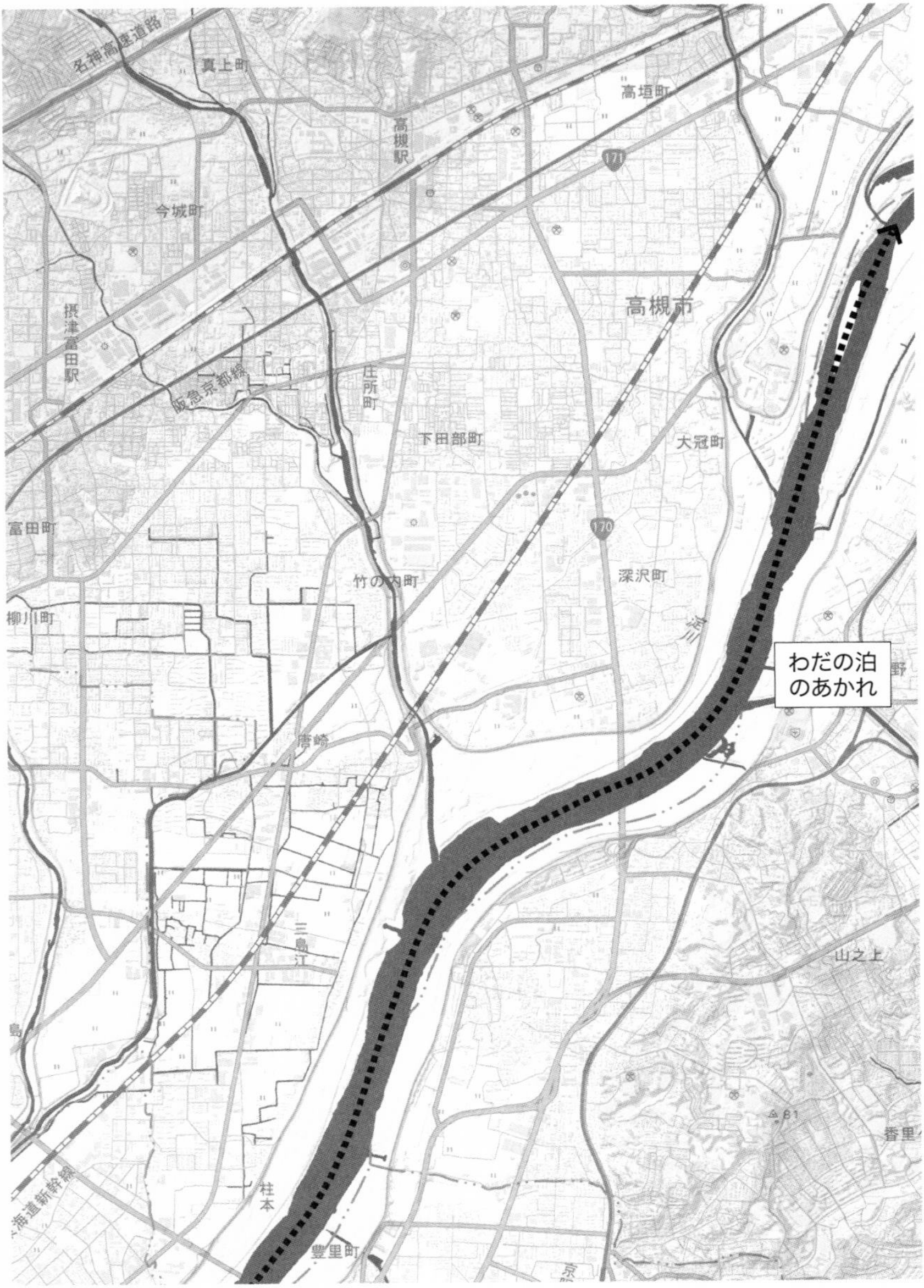
名神高速道路
真上町
高垣町
高槻駅
今城町
高槻市
摂津富田駅
阪急京都線
庄所町
下田部町
大冠町
富田町
竹の内町
深沢町
柳川町
淀川
わだの泊
のあかれ
唐崎
三島江
山之上
柱本
東海道新幹線
豊里町
香里

今までにもところどころであったことです。今日、八日は斎《さい》の日で、精進潔斎の日ですから魚はもともといらないものです」

船は神崎川をさらに遡り江口に向かう細い水路に入る。やがて両岸にヨシの原が広がる淀川に出た。流れに棹を突き指して船を進める。

船は暗くなる前に鳥飼の御牧近くの岸に寄せて碇を降ろした。

九日《ここのか》　こころもとなさに、明《あ》けぬから船《ふね》を曳《ひ》きつつ上《のぼ》れども、川《かは》の水《みづ》なければ、ゐざりにのみぞゐざる。このあひだにわだの泊《とまり》のあかれといふ所あり。米《よね》、魚《いを》など乞《こ》へば行《おこな》ひつつ。かくて船《ふね》曳《ひ》き上《のぼ》るに、渚《なぎさ》の院《いn》といふ所《ところ》を見《み》つつ行《ゆ》く。その院《いん》、昔《むかし》を思《おも》ひやりて見《み》れば、おもしろかりける所《ところ》なり。後方《しりへ》なる岡《おか》には、松《まつ》の木《き》どもあり。中《なか》の庭《には》には梅《むめ》の花《はな》咲《さ》けり。ここに人々《ひとびと》のいはく、

「これ、むかし名高《なだか》く聞《き》こえたる所《ところ》なり。故惟喬親王《ここれたかのみこ》のおほんともに、故在原業平《こありはらのなりひら》の中将《ちゅうじょう》の、「世《よ》のなかにたへてさくらの咲《さ》かざらば春《はる》の心《こころ》はのどけからまし」といふ歌《うた》詠《よ》める所《ところ》なりけり」

いま、今日《けふ》ある人《ひと》、所《ところ》に似《に》たる歌詠《うたよ》めり。

ちよへたる　まつにはあれど　いにしへの
こゑのさむさは　かはらざりけり

また、ある人《ひと》の詠《よ》める、

きみこひて　よをふるやどの　むめのはな
むかしのかにぞ　なほにほひける

二月九日　鵜殿

「早く落ち着きたいという焦る心を抑えきれずに、今日は夜が明けないうちから船は水手たちに曳かれて川を遡りますが、川の水が少ないためにいざるようにしか進みません。船は和田の船着場の川が枝分れするところに来ました。

米や魚を欲しがる小船が近寄ってきます。それぞれに少しずつ恵んでやります。

やがて、船は曳き上るうちに渚の院跡を見ながら漕ぎ進みます。

その渚の院での故事を思い出しながら眺めますとたいそう趣のあるところです。後方の丘には松の木があり、中庭のあったところにはおそらく梅が咲いていることでしょう。

この場所について、巷間次のように言われています。

「ここは昔から格別に有名なところです。

在原の業平中将殿さまが惟喬《これたか》親王のお供をしてこの離宮で、

世《よ》の中《なか》に　絶《た》えて桜《さくら》の　咲《ざ》かざらば
春《はる》の心《こころ》は　のどけからまし

「この世で桜の花が咲かなければ、桜の花咲くことで折角のきれいな花が散ってしまいやしないかと心配することもないのですから、春の気分をのんびりと味わえるでしょう」

とお詠いになったところです」

今日は、おやかた様も今のこの場所にふさわしいお歌をと次のように詠まれました。

千代《ちよ》へたる　松《まつ》にはあれど　いにしへの
声《こゑ》の寒《さむ》さは　変《かは》らざりけり

「千年も前からある松だけれども、その間を抜けるさやさやと澄んだ松風特有の響きは、昔も今も変わらないのだろう」

また別のお人が詠まれました。

君恋《きみこ》ひて　世《よ》をふる宿《やど》の　梅《むめ》の花《はな》
むかしの香《か》にぞ　なほ匂《にほ》ひける

「かつての惟喬親王様を慕って年月を重ねて季節ごとに花を咲かせてきたこの渚の院の梅の花は、その昔と同じように花咲き、よい香りを漂わせていることでしょう」

と言《い》ひつつぞ、都《みやこ》の近《ちか》づくを喜《よろこ》びつつ上《のぼ》る。かく上《のぼ》る人々《ひとびと》のなかに、京《きやう》より下《くだ》りしときに、みな人子《ひとこ》ども無《な》かりき、至《いた》れりし国《くに》にてぞ子生《こう》める者《もの》どもありあへる。人《ひと》みな船の泊《とま》る所《ところ》に、子《こ》を抱《いだ》きつつ降《お》り乗《の》りす。これを見《み》て昔《むかし》の子《こ》の母《はは》、悲《かな》しきに耐《た》へずして、

なかりしも　ありつつかへる　ひとのこを
　　ありしもなくて　くるがかなしさ

と言《い》ひてぞ泣《な》きける。父《ちち》もこれを聞《き》きて、いかがあらん。かうやうの事《こと》も歌《うた》も、好《この》むとてあるにもあらざるべし。唐《もろこし》もここも思《おも》ふことに耐《た》へぬときのわざとか。

今宵《こよひ》、鵜殿《うどの》といふ所《ところ》に泊《とま》る。

このようにお歌も出るほどに京が少しずつ近くなることを皆様が喜んでいます。

この船には土佐に下るときには子供がいなかったのに土佐で子どもが生まれた人たちがい

ます。その人たちは船が泊まるところでは子どもを抱いて乗り降りをします。その姿を見ておやかた様のお方様は土佐に下るときにいた子どもを亡くしたことの悲しさに耐え切れず

無《な》かりしも　在《あ》りつつ帰《かへ》る　人《ひと》の子《こ》を
在《あり》りしもなくて　来《く》るが悲《かな》しさ

「土佐に行くときには子供がいなかった者たちが、その後に生まれた子供を連れて京へ帰るのに、私は連れて行った子供をあの地で死なせてしまい、一人で京へ帰って来るこの悲しみはなんとしてもむなしいです」

とお詠みになってお泣きになります。おやかた様もさぞおつらいことでございましょう。悲しいからといって歌を詠むのではなく、歌で悲しみを言い表そうと思って歌をひねり出すのでもありません。唐の国でもわが国でも歌というものは、思いに耐えないときに自ずと歌となって内からほとばしり出るもの、といいます。

今宵は鵜殿というところに泊まります。

京に近づくほどに船の往来は多くなる。積み荷を目当てに物売りや物乞いの船がつきまと

難波津から山崎へ（4）

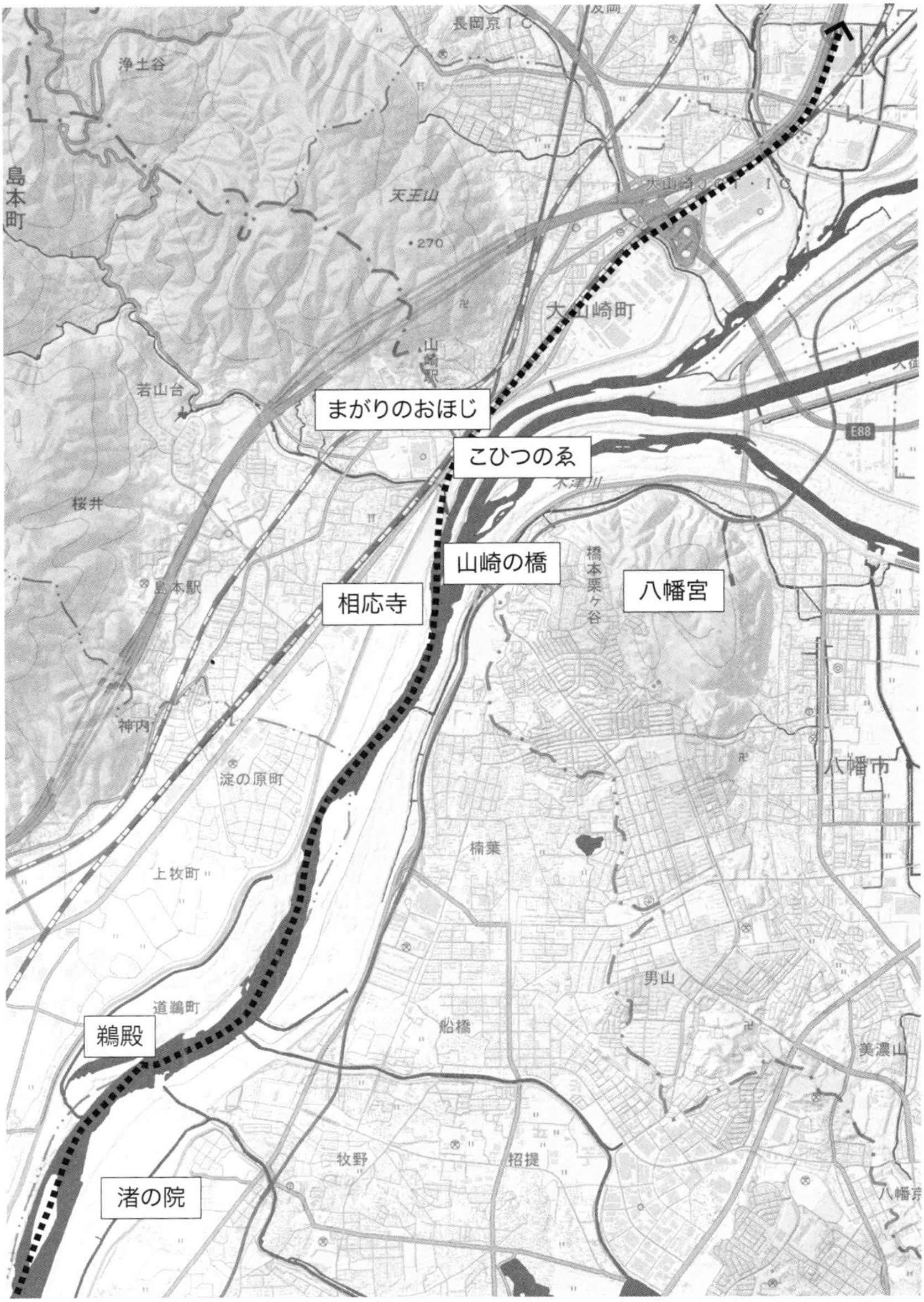
長岡京ＩＣ
浄土谷
島本町
天王山
270
大山崎町
若山台
まがりのおほじ
こひつのゑ
E88
桜井
山崎の橋
相応寺
八幡宮
島本駅
神内
淀の原町
八幡市
楠葉
上牧町
男山
道鵜町
鵜殿
船橋
美濃山
牧野
招提
渚の院

山崎から京の自邸へ

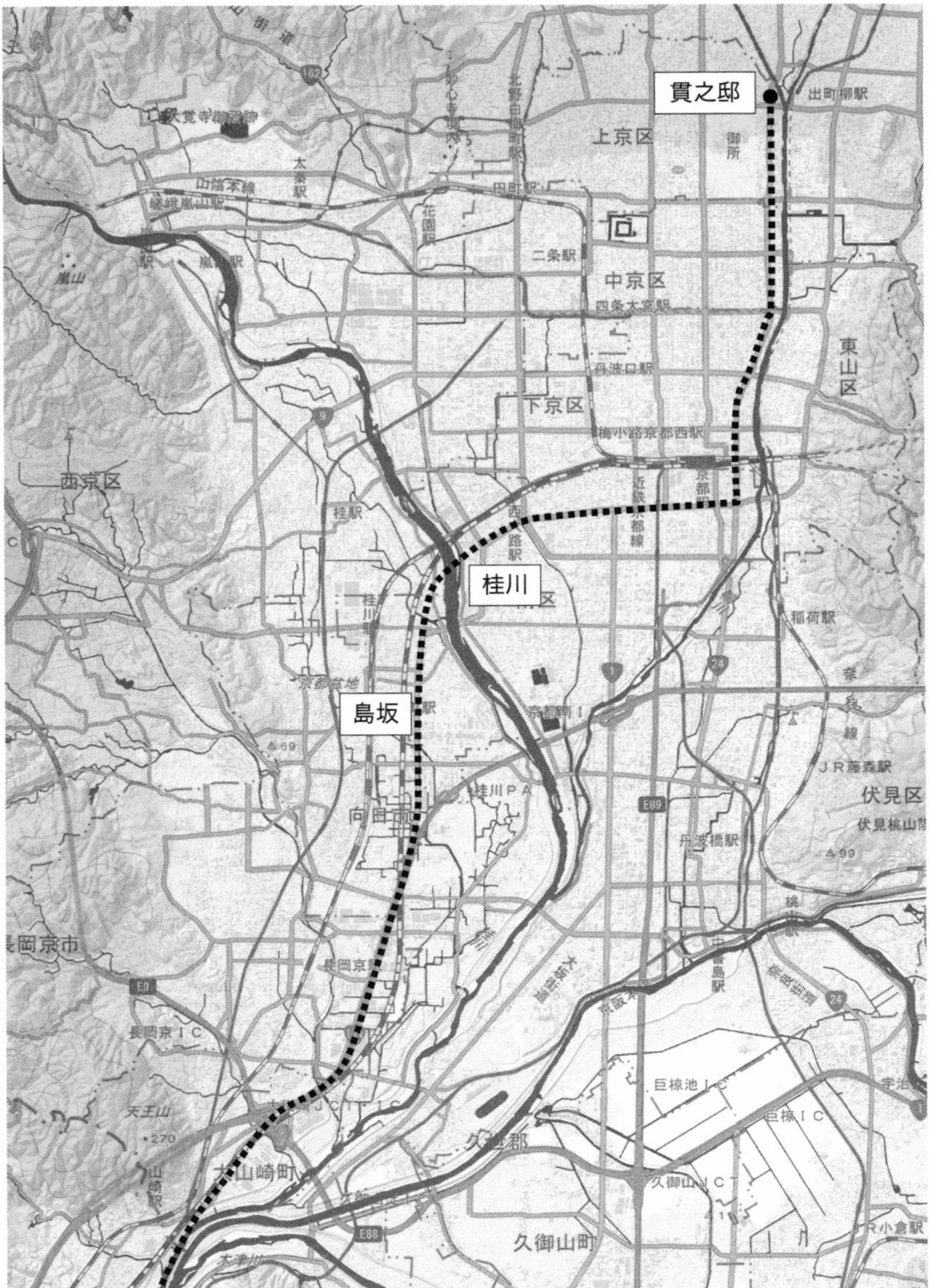
貫之邸
桂川
島坂
上京区
中京区
下京区
東山区
西京区
伏見区
長岡京市
向日市
大山崎町
久御山町
久世郡
出町柳駅
二条駅
四条大宮駅
丹波口駅
梅小路京都西駅
桂駅
稲荷駅
JR藤森駅
丹波橋駅
巨椋池IC
巨椋IC
久御山JCT
長岡京IC
桂川PA
天王山
宇治
JR小倉駅
山陰本線
嵯峨嵐山駅
太秦駅
円町駅
花園駅
京都盆地
大阪街道
京阪本線
奈良線
伏見桃山陵
大覚寺御廟
近鉄京都線
西大路駅
桂川駅
中書島駅
長岡京
山崎
大津川

う。いちいち応対しなければ通してもらえないほどのしつこさに、船の者はそのたびに物々交換をしたり恵んでやったりしながら船は進む。

流れはゆるやかとなり貴族たちが競って建てた別荘も見えて貫之はそこに住む貴人の姿を想像し、しょせん貧乏貴族の自分には縁がないことと思う。ただ、惟喬親王の別荘だった渚の院の前では親王と在原業平の故事をしのび感慨にひたる貫之であった。

十日《とをか》　さはる事《こと》ありて上《のぼ》らず。

二月十日　鵜殿《うどの》

今日は物忌みの日で船は動きません。

十二月二十七日の浦戸の地名がそうであったように、鵜殿の地名も文献に出てくるのはこの土佐日記が初見である。この地にあった旅人のための宿を鵜殿と呼び、その建物の名前が地名になったと言われている。鵜殿は淀川左岸高槻側に二・五キロにわたって甲子園球場の十八倍に相当する葦の原一帯を指す。たくさんの植物、生物の生息地で有名である。

貫之一行の船は密生する葦の原を漕ぎ進めて川岸に船を泊めた。

古事記ではわが国のことを豊葭原瑞穂《とよあしはらみずほ》の国と表現するほどに貫之の時代にもわが国では葦の原が各地で生い茂っていた。

第九章 山崎

十一日《とをかあまりひとひ》 雨《あめ》いささかに降《ふ》りて止《や》みぬ。かくて指《さ》しのぼるに、東《ひんがし》の方《かた》に、山《やま》の横《よこ》ほれるを見《み》て、人《ひと》に問《と》へば、「八幡宮《やはたのみや》」と言《い》ふ。これを聞《き》きて喜《よろこ》びて人々《ひとびと》拝《をが》みたてまつる。山崎《やまざき》の橋《はし》見《み》ゆ。嬉《うれ》しきこと限《かぎ》りなし。ここに、相応寺《さうおうじ》のほとりにしばし船《ふね》をとどめて、とかく定《さだ》むることあり。この寺《てら》の岸《きし》ほとりに柳多《やなぎおほ》くあり。ある人《ひと》、この柳《やなぎ》の影《かげ》の川《かは》の底《そこ》に映《うつ》れるを見《み》て詠《よ》める歌《うた》、

さざれなみ　よするあやをば　あおやぎの
かげのいとして　おるかとぞみる

二月十一日　山崎

朝、雨が少し降っていましたが、やがてそれも上がり船は淀へと上っていきます。東の方に身を横たえたような姿の山が見えます。傍のお人に尋ねますと「八幡宮」(石清水八幡宮《いわしみずはちまんぐう》)と言います。それを聞いて乗っている者たちは一様に手を合わせてお祈りをいたします。

山崎の橋が見えてきました。うれしいこと限りないことです。手前に相応寺がありますす。そのたもとに船を停めて入京の手配などについて皆さまと打ち合わせをいたします。

このお寺のほとりには川に沿って柳の木がたくさん植えられています。

おやかた様は柳の木影が川底に映えるようすをご覧になって、お歌心が湧いたのでしょう。次のように詠まれました。

さざれ波《なみ》　寄《よ》する綾《あや》をば　青柳《あをやぎ》の
　影《かげ》の糸《いと》して　織《お》るかとぞ見《み》る

「風に吹かれてさざ波が寄せる川面に、岸の青柳がその影を映し出して縦糸と横糸となってきれいな織物を織りだすように見えます」

山崎の橋を見て貫之は、ようやく京へ帰ってきたと万感胸に迫る思いがした。土佐の館を出てちょうど五十日、焦ってみても仕方がないとゆらゆら波枕ののんびりとした船旅であったがそれも終わる。

五年の歳月は長かった。今もうすぐに京の土を踏むことができる。

ひとしきり皆と一緒に帰ってきた感激を喜び合ったが、貫之はこれからの手はずを決めるために船をいったん相応寺のほとりに着けるように命じた。

大量の積荷をそれぞれが、いつ、何を、どのように運送する、役所への届けはどうする、自邸の受け入れ準備はどうするなど、打ち合わせしなければならないことが山ほどあった。

貫之は打ち合わせの頃合いを見て、自分だけ抜け出して岸に上がった。

相応寺の岸辺に立ち並ぶ柳がそよかぜにゆらぐのを見ながら、どっかりとした大地に立つ感触になんともいえない安堵感にひたる。

水面に映える柳の葉かげが美しい。

その春めいた景色を見てようやく都へ帰り着くことができた喜びに浸っている。

十二日《とをかあまりふつか》　山崎《やまざき》に泊《とま》れり。

二月十二日　山崎

山崎に泊まっています。

山崎の橋は京から難波に至る道をつなぐ橋として七二六年に架けられた。その後、川の氾濫で幾度となく流失し橋がいつまであったかは明らかでないという。相応寺にしても今は何の記録も残っていない。このように土佐日記に出てくる地名や固有名詞は当時実在したことを立証する貴重な記録である。

十三日《とをかあまりよみか》　なほ山崎《やまざき》に。

二月十三日　山崎

依然として山崎です。

十四日《とをかあまりよか》　雨降《あめふ》る。今日《けふ》、車《くるま》、京《きやう》へとりにやる。

二月十四日　山崎

雨が降っています。役所から牛車を取りに来るようにと指示がありました。そこで数人を選んで京へ取りに行かせました。

今日、朝廷から入京の許しとその日取りを告げてきた。京へ入るにあたっての穢れ落しと無事に帰京がかなったことのお礼と今後の加護を願って、貫之は皆を引き連れて石清水八幡宮にお参りをした。

十五日《とをかあまりいつか》　今日《けふ》、車率《くるまゐ》てきたり。船《ふね》のむつかしさに、船《ふね》より人《ひと》の家《いへ》に移《うつ》る。この人《ひと》の家《いへ》、喜《よろこ》べるやうにて饗《あるじ》したり。この主人《あるじ》の、また饗《あるじ》のよきをみるに、うたて思《おも》ほゆ。

いろいろに返《かへ》り事《こと》す。家《いへ》の人《ひと》の出《い》で入《い》り、にくげならず、ゐややかなり。

二月十五日　友人邸

今日頼んでいました牛車が来ました。

船の生活は不便だろうとある知人が家に呼んでくれました。久しぶりに会えたことがうれしいということでしょうか、たいそうなご馳走までいただくことになりました。その親切心に何か下心でもあるのではと思ってしまいます。とりあえずお礼の気持ちを示さなければと持ち帰った土佐の土産の中からいろいろお返しをします。その家の人たちの立ち居振る舞いは礼儀正しくて好感が持てます。そのお方の好意を素直に喜んでよいようです。

十六日《とをかあまりむゆか》　今日《けふ》の夜《よう》さつかた、京《きやう》へ上《のぼ》るついでに見《み》れば、山崎《やまざき》のこひつのゑも、曲《まがり》の大路《おほぢ》のかたも変《かは》らざりけり。「売人《うりびと》の心《こころ》をぞ知《し》らぬ」とぞ言《い》ふなる。かくて京《きやう》へ行《い》くに、島坂《しまさか》にて、人《ひと》、饗《あるじ》したり。必《かなら》ずしもあるまじきわざなり。立《た》ちて行《ゆ》きし時《とき》よりは、来《く》るときぞ人《ひと》はとかくありける。これにも返《かへ》り事《ごと》す。夜《よる》になして京《きょう》へ入《はい》らんと思《おも》へば急《いそ》ぎしもせぬほどに月出《つきい》でぬ。桂川《かつらがは》、月《つき》の明《あか》きにぞ渡《わた》る。人々《ひとびと》のいはく。「この川《かは》、飛鳥川《あすかがは》にあらねば、淵瀬《ふちせ》さらに変《かは》らざりけり」と言《い》ひてある人《ひと》の詠《よ》める歌《うた》、

ひさかたの　つきにおひたる　かつらがは
　　そこなるかげも　かはらざりけり

また、ある人《ひと》の言《い》へる。

あまぐもの　はるかなりつる　かつらがは
　　そでをひてても　わたりぬるかな

また、ある人《ひと》詠《よ》めり

かつらがは　わがこころにも　かよはねど
　　おなじふかさに　ながるべらなり

二月十六日　自邸

今日の夕暮れに京へのぼる道すがら、山崎の古比津《こひつ》の江《ゑ》も曲の大路のほうも街道のたたずまいは何も変わっていません。

「何も変わっていないなあ」という声がある一方で、「けれども、店の商人の心も変わっていないかどうかは分からない」というおしゃべりも聞こえます。

京へ入る途中の島坂では国司の国帰りということを聞きつけてか、あるお屋敷からちょっとした接待に預かることになりました。普段では考えられないことです。土佐へ旅立つときのよそよそしさと帰ってきたときのなれなれしさに出会いますと、人とはこういうものなのかと負担を感じるものです。そのお人にもお返しをいたします。

京へは夜になってから入ろうと思っていますから、それほど急ぐこともないままにゆっくりお車を進めてまいります。そのうちに月が出ました。

月の明かりに照らされて一行は桂川の浅瀬を渡ります。「この川は雨季ごとに流れが変わる飛鳥川と違って淵も流れも変わらないなあ」とおやかた様が仰せになって見たままの情景を歌にお詠みになりました。

久方《ひさかた》の　月《つき》に生《お》いたる　桂川《かつらがは》
底《そこ》なる影《かげ》も　変《かわ》らざりけり

「月に生えているという桂の名の今渡る桂川は、川面の下に映っている月影も同じで以前と少しも変わってはいないなあ」

また、夢にまで見た桂川を渡るお喜びを次のように詠まれました。

雨雲《あまぐも》の　遥《はる》かなりつる　桂川《かつらがは》
袖《そで》をひてても　渡《わた》りぬるかな

「天雲のようにはるかに遠い先の桂川をいつ渡れるのかと思い描いていたその桂川を、いま、袖を濡らしながら渡ります」

さらに、都へ帰ってきたことのご心情を次のように詠まれました。

桂川《かつらがは》　我《わ》が心《こころ》にも　通《かよ》はねど
同《おな》じ深《ふか》さに　流《なが》るべらなり

「桂川は私の心の思いを知っているはずはないでしょうが、京にあって京を流れているその喜びの思いの深さは、桂川も私も同じでしょう」

夕方、貫之は牛車に乗り、供の者たちは歩いて都へ向けて出発した。月の光に照らされて桂川を渡りながら貫之は思う。六年前、この桂川を渡ったときと何も変わってはいない。あの時もこのように月の光が行く道を明るく照らしてくれた。それ以来、京から遠く離れた土佐でこの桂川を渡る日をずっと思い続けてきた。そのことを思うと今夜は袖がぬれようとも渡る。このような思いを桂川は知る由もないだろうが、世間は昔と同じように私を迎えてくれるだろうか。

京《きょう》の嬉《うれ》しきあまりに、歌《うた》もあまりぞ多《おほ》かる。夜《よ》ふけてくれば、ところどころも見えず。京《きょう》に入《い》りたちて嬉《うれ》し。家《いへ》に至《いた》りて門《かど》に入《い》るに、月明《つきあか》ければいとよく有様見《ありさまみ》ゆ。聞《き》きしよりもまして、いふ甲斐《かひ》なくぞ毀《こぼ》れ破《や》ぶれたる。家《いへ》に預《あづ》けたりつる人《ひと》の心《こころ》も、荒《あ》れたるなりけり。中垣《なかがき》こそあれ、ひとつ家《いへ》のやうなれば望《のぞ》みて預《あづ》かれるなり。さるは便《たよ》りごとに物《もの》も絶《た》えず得《え》させたり。今宵《こよひ》、「かかること」と、声高《こわだか》にものも言《い》わせず。いとはつらく見《み》ゆれどこころざしはせんとす。

さて、池《いけ》めいてくぼまり水《みづ》つけるところあり。ほとりに松《まつ》もありき。五年六年《いつとせむとせ》のうちに、千年《ちとせ》や過《す》ぎにけん。かたへはなくなりにけり。いま生《お》ひたるぞまじれる。大方《おほかた》の皆《みな》荒《あ》れにたれば、「あはれ」とぞ人々《ひとびと》いふ。思《おも》ひ出《い》でぬことなく思《おも》ひ恋《こひ》しきがうちに、この家《いへ》にて生《う》まれし女児《をんなご》のもろともに帰《かへ》らねばいかがは悲《かな》しき。船人《ふなびと》も皆《みな》、子《こ》たかりて喧《ののし》る。かかるうちになほ悲《かな》しきに耐《た》へずして、ひそかに心《こころ》知《し》れる人《ひと》と言《い》へりける歌《うた》、

むまれしも　かへらぬものを　わがやどに
こまつのあるを　みるがかなしさ

とぞいへる。なほ飽《あ》かずやあらん。またかくなん。
みしひとの　まつのちとせに　みましかば
とほくかなしき　わかれせましや
忘《わす》れがたく、口惜《くちを》しきこと多《おほ》かれどえ尽《つ》くさず。とまれかうまれ疾《と》く破《や》りてん。

いよいよ京に入るうれしさのあまりお歌も思わずたくさん浮かぶようです。

夜が更けて町並みはそれほどはっきりと見えません。

それでも京に今いる、そのことがうれしいのです。

家に着いて門を入ります。

月の光が明るく家の様子がよく見えます。あらかじめ聞いていました以上にひどい荒れ様で言葉も出ません。留守の家を預けたお人のお気持ちもこのように荒れているのでしょうか。お隣のお家が中垣一つ隔てた一つ家のようだから預らせてくださいということでしたのに。そのために京への便があるときは何かとお心づけをいたしました。

おやかた様は、今夜は帰った早々ということもあって「このようなひどい有様を」などと声高に言わないようにとお隣に気兼ねをしてか仰せでした。

たいそう気落ちされているようですがお礼はなさるようです。

池のように窪まって雨水がたまっているところもあります。以前からその傍にあった松はこの五、六年のうちに千年も経ってしまったかのように半分ほどがなくなっています。新しく生えたような貧弱な松があります。建物といい、庭といい、庭木といいすべてが荒れに荒れているのを見て、みんなが「なんということ」と言い合います。

片時も忘れることのない、ずっと思い描いてきた我が家がこのような有様のうえ、この家で生まれた我が子を連れて帰ることができないことに、おやかた様のお方様はどれほどのお悲しみでしょう。一緒についてきた大人たちや子どもたちも混じってののしり合っています。

そのうちにやはりお方様は悲しさに耐え切れずに、おやかた様につぶやくようにお詠みになりました。

生《む》まれしも　帰《かへ》らぬものを　我《わ》が宿《やど》に
小松《こまつ》のあるを　見《み》るが悲《かな》しさ

「この家で生まれたあの子が帰らない我が家に、出ていくときにはなかった小松が生えているのを見ますと何とも悲しいことです」

さらに悲しみが増したのでしょう。次のようにもお詠みになりました。

見《み》し人《ひと》の　松《まつ》の千歳《ちとせ》に　見《み》ましかば
遠《とほ》く悲《かな》しき　別《わか》れせましや

「私の身近にいていつも見ていたあの子が、松と同じように千年にわたって見続けることができるのならば、私は遠い土佐の国であの子と悲しい別れをせずにすんだでしょう」

忘れようと思っても忘れることができそうにない悲しみが多くてこれ以上書くことができません。書くことによって悲しみを消すことができるものならば書き続けたいと思いますが、いっそこの日記を破り捨てたいと思うほどに悲しいのです。

貫之は自邸にたどり着いてやれやれと思う間もなく、惨憺たる自邸の荒れようを目の当たりにして、ずっと抱いていた不安が一気に現実のものになったことを知った。使いに出した者からひどい有様とは聞いていたがこれほどのひどさとは思わなかった。快く送り出してくれた醍醐天皇や宇多法王、それに藤原兼輔も鬼籍の人となった。支えを失うところも扱いが変わるものか。この六年はいったい何だったのだろう。

茫然自失の貫之であった。

あとがき

亜熱帯地域から温帯地域に位置する地理的条件に恵まれた豊かな自然の恵みを受けて、穏やかでゆっくりとした話し言葉で平和な生活を享受していた私たち日本人の祖先は、長い縄文時代から弥生時代、そして、卑弥呼の時代まで話し言葉はあっても文字がなかった。

大和、飛鳥時代に朝鮮半島を経由して漢字が入ってきて、奈良時代から平安時代初期に至る長い年月をかけて漢字がわが国の文字として定着した。その漢字によって、奈良時代の西暦七一二年に古事記が、七二〇年に日本書紀が撰集されわが国の歴史が記録されることとなる。

当時の私たちの祖先のゆっくりとした話し言葉を漢字で書き表わすことが簡単なことではないことを古事記の序三段で大朝臣安萬侶《おほのあそみやすまろ》は記述している。

要約すると、「その当時において語り伝えられていた王家の歴史には多くの間違いがあるから、稗田阿礼が暗誦していた勅語の旧辞を慎重に選んで文字として記録を残すように安萬侶に命じられたのである。しかし、心のままに素直で流麗な話し言葉で暗誦していた事柄を文字で書き出すことは大変に難しいことである。漢字の訓によって書きあらわそうとしても、意味を正しく伝えることは難しいし、漢字の音を用いて書き表そうとしても長々となってしまうだけである。よって、音と訓を適宜使って書くことにする」

漢字・漢文体の古事記も日本書紀も中国音で読まずに、ヲコト点を付して大和言葉で読む工夫を付け加えたのである。

西暦七五九年に編集され始めた万葉集もすべて漢字で書かれているが、漢字の音訓を組み合わせた万葉仮名で大和言葉の和歌を記録している。

例えば、私たちがよく知っている和歌。

熟田津《にぎたつ》に　船乗りせむと　月待てば
　潮もかなひぬ　今は漕ぎ出でな

六六一年に斉名天皇の船団が九州へ向かう途中、潮待ちのために瀬戸内の道後近くの湊に停泊していたときに額田王《ぬかたのおおきみ》が詠った歌で、万葉集では次のように記録されている。

「塾田津尓 船乗世武登 月待者 潮毛可奈比沼 今者許藝乞菜」

桓武天皇（七八一年から八〇六年）が打ち出した大陸文化重視政策を受けて、速度を増した唐文化の流入により政治、経済、生活習慣に唐風化が進み、貫之が生きた平安初期においても公の書き言葉はいまだ漢字・漢文体であった。

九世紀初め、空海等によって平仮名が作り出されて、漢字を単に表音語とするのではなく漢字本来の意味に加えて、大和言葉の語彙や表現を加味した日本独自の書き言葉が生まれつつあった。

唐風の文化偏重から脱却して国風文化を興隆させようとする宇多法皇と醍醐天皇（八九七年から九三〇年）を囲むいわゆる王朝文化サロンは、紀貫之たち四人の若手にわが国最初の勅撰和歌集編纂という大きな役割を与え、延喜五年（西暦九〇五年）に古今和歌集ができた。

その序文のなかで古今和歌集を編纂するにあたっての心意気を貫之が平仮名文で書いている。日本独自の書き言葉による最初の公のもので、実に流れるような美しい文章である。

「和歌《やまとうた》は、人の心を種として、万《よろず》の言《こと》の葉とぞなれりける。世の中にある人、事わざしげきものなれば、見るもの聞くものにつけて云い出せるなり。花に鳴く鶯、水に棲む蛙の声を聞けば、生きとし生けるもの、いずれか歌を詠まざりける。力をも入れずして天地《あめつち》を動かし、目に見えぬ鬼神《おにがみ》をもあわれと思わせ、男女の中を和らげ、猛き武士《もののふ》の心をも慰むるは歌なり。」［吉川弘文館、目崎徳衛著「紀貫之」］

古今和歌集で一躍歌壇的地位を築いた貫之は、その後日の当たる官歴を経て和歌の第一人者と評されるまでになったが、自らの手で日本独自の書き言葉による読み物を完成させたいという思いを長年にわたって持ち続けていたと思う。

王朝文化サロンでは主役のような貫之であったが、日本文化の中心地・京から離脱した土佐赴任の足掛け五年間は、折角築き上げた名声と地位と才能発揮の空白期間となった。

しかしこのことが「土佐日記」を生み出した。

土佐日記は、日本固有の書き言葉による最初の日本文学作品である。

正岡子規は『歌よみに与ふる書』のなかで、「紀貫之は下手な歌よみである」と酷評し、『病牀読書日記』で、「土佐日記が国文日記の最古の者なるは論なし、……土佐日記も極めて粗略なるものなれども、これだけに事情の善くあらはれ居て面白き者後世に無きは如何にぞや」と書いている。

折口信夫は「(土佐日記の)内容は、男の生活が書かれていて、処々面白い点もあるが、全体的に殺風景で、文学的なものではない。舟唄などを取り入れて、おどけている処がよいだけで、全く下らぬものだが、比較的よい影響を後世に与えている。平安朝のもので、短いものは伊勢、長いものは源氏物語を研究すればよいので、他の傍系のものに身を打ち込んで研究すべきではない」(後記王朝の文学)と書いている。

正岡子規は土佐日記を「国文日記の最古の者」と誰もが知っていることを書いているだけ

で、二人とも土佐日記が日本固有の書き言葉による最初の文学作品であることに思い至らず、単に作品中の事物に関心を示すにとどまっている。

世の中のすべてのものは、時代に即した価値観に基づき発想が生まれ、作品が生まれる。そして次の世代へと引き継がれる。

現代の日本文学は、先人の努力を基盤として発展してきたのである。にもかかわらず、そのことを顧慮せずに先人の作品についての後世の文学者の粗末な扱いを私は悲しむ。

本書で取り上げた「原文」は、鈴木知太郎の『土左日記』（岩波書店・岩波文庫）をもとに、日本大学図書館所蔵の土左日記複製（笠間書院発行）および萩谷朴の『影印本　土左日記』（新典社発行）などを参照しながら「読み易さ」を考えて書き写したものである。貫之の自筆本を素直に復元できていると思っている。

令和二年八月

監修・著　西野　恕《ゆるす》

参考文献

『土左日記』　岩波文庫　鈴木知太郎校注　第二七刷　二〇〇〇年（初版一九七九年）
『土佐日記』　角川ソフィア文庫　三谷栄一訳注四八版　二〇〇四年（初版一九八〇年）
『土佐日記』　講談社学術文庫　品川和子　第十六刷　二〇〇〇年（初版一九八三年）
『土佐日記』　学研文庫　大伴茫人　初版二〇〇二年
『土左日記』　岩波書店　鈴木知太郎校注　第十四刷　一九七〇年（初版一九五七年）
『新訂土佐日記』　朝日新聞社　荻谷朴校註　第五刷　一九七五年（初版一九五〇年）
『土佐日記』　早稲田大学出版部　今井卓爾　一九八六年発行
『土佐日記・貫之集』　新潮社　木村正中　一九八八年発行
『土佐日記評解』　有精堂出版　小西甚六　二八版　一九七五年（初版一九五一年）
『紀貫之・土佐日記』　淡交社　竹西寛子　一九七四年発行
『土佐日記・蜻蛉日記』　小学館　松村誠一校注・訳者　第六版一九七八年（初版一九七三年）
『伊勢物語・土佐日記』　新潮社　片桐洋一　三刷　一九九八年
『紀貫之』　筑摩書房　大岡信　第五刷　一九七三年（初版一九七一年）

『紀貫之』 吉川弘文館 目崎徳衛 第三刷 一五九九年（初版一九三六年）
『紀貫之』 新典社 村瀬敏夫 初版一九八七年

地図（九、一一、六一、九五、一一七、一二一、一四七、一五五、一五六、一六三、一六四）頁
「地理院地図データ」（国土地理院）（https://maps.gsi.go.jp）をもとに株式会社リーブル作成

著者略歴

西野　恕（にしの　ゆるす）

昭和 11 年 5 月 22 日　大阪市で生まれる
昭和 34 年　大阪市立大学商学部を卒業
昭和 39 年　税理士試験に合格
昭和 41 年　税理士事務所開業　現在　税理士法人西野会計事務所代表社員
　　　　　　税務・会計の TKC グループに所属

昭和 30 年大阪市立大学に入学と同時に大阪市大ヨット部に入部、昭和 35 年岩手県国体に大阪代表として出場。
昭和 46 年友人と共同でヨットを購入し、小笠原父島に往復 30 日の航海を経験し、爾来今に至る 66 年間、大阪湾、瀬戸内海、紀伊水道などで海に親しんでいる。

紀貫之の**土佐日記は航海記**

発行日――2020年10月10日　初版第一刷発行
著　者――西野　恕
発行人――坂本圭一朗
発行所――株式会社リーブル
〒780―8040
高知市神田2126―1
TEL088―837―1250
装　幀――島村　学
印刷所――株式会社リーブル

ISBN 978-4-86338-281-7